The Wishing-Chair

許願椅 I

伊妮・布萊敦／著
聞翊均／譯

許願椅 1
英國最受歡迎童書女王・魔法文學啟蒙經典

作　　者：伊妮・布萊敦（Enid Blyton）
譯　　者：聞翊均
封面繪製：九　子
總 編 輯：張瑩瑩
主　　編：鄭淑慧
責任編輯：謝怡文
校　　對：魏秋綢
封面設計：周家瑤
內文排版：菩薩蠻數位文化有限公司
出　　版：小樹文化股份有限公司
發　　行：遠足文化事業股份有限公司(讀書共和國出版集團)
地址：231新北市新店區民權路108-2號9樓
電話：(02) 2218-1417 傳真：(02) 8667-1065
客服專線：0800-221029
電子信箱：service@bookrep.com.tw
郵撥帳號：19504465遠足文化事業股份有限公司
團體訂購另有優惠，請洽業務部：(02) 2218-1417分機1124

法律顧問：華洋法律事務所 蘇文生律師
出版日期：2019年1月23日初版首刷
2024年1月25日初版13刷

國家圖書館出版品預行編目資料

許願椅 1 : 英國最受歡迎童書女王．魔法文學啟蒙經典 / 伊妮．布萊敦(Enid Blyton)著 ; 聞翊均譯. -- 初版. -- 新北市 : 小樹文化出版 : 遠足文化發行, 2019.01
面 ; 公分
譯自 : The wishing-chair
ISBN 978-957-0487-03-9(平裝)
873.59　　107022506

線上讀者回函專用QR CODE
您的寶貴意見，將是我們進步的最大動力。

立即關注小樹文化官網
好書訊息不漏接。

★ 冒險警語 ★

乘坐許願椅前，請注意！

如果你不是妖精、精靈、小仙子、
女巫、巫師、妖術師……
如果你沒有降落傘、滑翔翼、妖精朋友、
巫師親戚……
請記得抓緊扶手！

不然調皮的許願椅可能會翻個筋斗，
讓你從天空中掉下來喔！

〔推薦序〕

讓我們乘著許願椅，在心靈的世界中自在飛翔

文／華德福資深教師 徐明佑

《許願椅》的故事，對我來說是一份珍貴禮物。這本書讓我從歷歷在目的冒險圖像陳述中，重新憶起童年時的幻想世界，也讓我感覺到自己童稚、驚奇的臉龐拼圖，一片片聚合。而在這段過程中，一點一滴的純真喜悅在心頭逐漸滿盈。

我喜愛《許願椅》作者伊妮・布萊敦，以孩子的姿態，在劇情對話中呈現的勇敢口吻。我相信，對孩子來說，這些由孩子之口所吐出、鏗鏘有力的話語，必定會激起孩子內在的情感力量，讓他們有勇氣面對成長中給予挑戰與考驗的真實世界。

回想起自己的童年時光，我也曾深深被類似的短篇故事所滋養，可惜沒有如《許願椅》故事那般的長篇與生動，但我仍然感謝那些「能從兒童

角度與視野出發」的作者，讓當時害羞、膽怯的我，也能聽見內在想變勇敢的聲音。而在大學教授幼兒文學多年後，我才逐漸意識到**曾經在閱讀時，心中無意識播下的粒粒種子，會在長大之後發芽成熟，成為我在大人世界中奮鬥與前進的勇氣！**因為我已經在成長中培養出面對生命的勇氣，讓我更加確信《許願椅》故事中，小主角冒險時所呈現的興奮、期待與躍躍欲試的氣勢，將成為台灣兒童在勇氣增長的過程中，可以好好汲取的心靈滋養！

《許願椅》——培養孩子勇敢內在的重要故事

內在要能夠勇敢、能夠面對害怕與擔憂，是成長中最重要的預備。這些擔憂與害怕來自哪裡呢？現在，有勇氣的我與年幼時含蓄、害羞與膽怯的我，是很不同的。從孩子的角度來看，面對成人世界的規則，孩子想要改變、不想順從，但卻又會感到害怕，這些都是發生在兒童身上很真實的情感。

閱讀《許願椅》時，讓我回想起許多在成長過程中犯下的錯誤，無論是在溫暖的爺爺、奶奶身旁，或是在嚴父、慈母之間，甚至是在不熟的親友家中，抑或是在有著各種特質的老師與同學之間。儘管當時的我，希望那些曾經發生的糗事沒有發生，但是有些曾經做過的蠢事，有時卻有意想不到的結果，最終卻帶來喜悅！這些「會把事情想像得太嚴重」的心理狀態，卻是孩子最純真的視角。令人驚喜的是，伊妮．布萊敦竟能透過有趣的劇情，將這些心情的風景畫，貼切轉化為各種冒險情節。不僅能讓像我這樣的大讀者深深共鳴，也將吸引小小讀者的心，讓他們為之雀躍。而透過劇情高潮起伏，我相信孩子將更認識自己多彩繽紛的情感世界。

從閱讀中，讓孩子模擬換位思考

在這本書中，還有我很喜歡的一項特色，就是「小主角在面對困難時呈現的推理過程」。這些單純而簡易的「哏」，正是孩子世界的真實寫照。對於小小讀者來說，《許願椅》可以讓他們隨著劇情前進感到靈光一閃的興奮，也可以讓他們因為困難最終順利解決，而深深感到滿足。閱讀是可以促進思考的，但是對於小小讀者來說，這樣的效果需要透過精心的編排。**《許願椅》的故事引起孩子的同理，又能身歷其境的在閱讀中模擬換位思考**，是閱讀教育的成功典範！

真心跟大家推薦這一本書，我相信孩子在閱讀之後，《許願椅》會在他們的心中擁有很重要的分量，也將是他們未來創意與想像的飛翔之力。小主角們——彼得、茉莉和小妖精奇奇，會是他們心中永遠的好朋友。而劇情中所面對的各種壞巫師與帶來協助的精靈，將成為孩子生命成長中，最好的借鏡與模範。

〔推薦序〕

許願椅——從文字中，實現孩子的童年夢想

文／親職教育部落客　陳安儀

在每個孩子童稚的心靈當中，一定都曾有過三個夢想：一是「飛」，二是「許願」，三是「離家冒險」。

我記得我三、四歲的時候，曾有過一個「從三樓窗口抱著娃娃墜落，卻平安落地」的「記憶」。然而，長大之後，母親卻說那是我的「幻想」，真相只是洋娃娃掉到了窗外。然而，這個「幻想」卻是那麼的真實，我彷彿記得墜落的那一刻，身體往下沉的感覺，甚至聽得到耳旁呼呼的風聲……我想，那幾乎就是「飛」的感覺了吧？

人類對「飛行」有著無限迷戀的憧憬，也無怪乎古往今來，所有的童話、幻想小說中，「飛行」都是必備的條件。阿拉丁神燈中的魔毯、哈利波特中的掃帚、聖誕老人的馴鹿、彼得潘的金粉……當然，英國最受歡迎

的童書、魔法文學的啟蒙經典《許願椅》，也不例外。

讓孩子「美夢成真」的經典故事書

這座從古董店裡找出來的雙人座椅，不定期的會長出紅色的小翅膀，帶著書中的男女主角彼得和茉莉以及小妖精奇奇，一起上天下海、遨遊天際。會飛的許願椅，不但能夠帶領小讀者享受飛翔的樂趣，從高處遠眺美景、迅速越過千山萬水，看著城市在腳下逐漸縮小變遠……還能在危急中突然升空逃遁、遠離怪物掌控、化險為夷。這是多少孩子夢想中的神物啊！

除此之外，這本自一九八二年就由英國兒童票選為最喜愛作家的經典童書《許願椅》，也滿足了孩子能夠「美夢成真」的夢想。小孩子最喜歡吹生日蠟燭、過聖誕節，原因無他，皆是因為有機會可以「許願」。對於人小力弱、無法掌控權力、更難以憑一己之力追求夢想的幼童來說，有什麼事情比「願望成真」更為美好？想想看，只要坐在椅子上許願，再加上小妖精的協助，就可以到自己想去的地方、做自己想要做的事情、完成想要的願望，這也難怪會成為J．K．羅琳推薦的「童年必讀枕邊書」了呀！

閱讀，讓兒童培養最上乘的想像能力

如今我們都知道，閱讀文字書，可以培養兒童最上乘的想像能力。在現實生活中，年幼的孩子必須乖乖聽從家長的安排：上學、讀書、寫作業……然而在《許願椅》的精彩故事中，孩子卻能夠跟著主人翁離開家，時而隱形、時而落海、時而搭乘童話火車、時而闖進巨人的城堡……透過《許願椅》裡各種地精、妖精、怪物、女巫與魔術，孩子腦海中的想像可以無邊無際的擴張、離家去冒險。

只要向許願椅許願，它就能帶你到任何地方。而且，椅子還很有人性：它要睡覺、要休息、會耍脾氣，也會犯錯，最重要的是，它還會在危急時來救你，最後再帶你回家！這簡直就是一個「人性化」的寵物啊！難怪它會如此受到英國孩童的喜愛了！相信國小中低年級的孩子，一定都會愛不釋手的。在此推薦給大家。

〔前言〕

英國最受歡迎童書女王——伊妮・布萊敦的奇幻故事創作之旅

一八九七年，英國最受歡迎的童書女王——伊妮・布萊敦出生於英國倫敦東德威地區。她的父親湯姆士・凱瑞・布萊敦是一位餐具銷售員，母親泰瑞莎・瑪莉則是家庭主婦。身為家中長女，伊妮還有兩位弟弟——亨利與凱瑞。

儘管伊妮的父親是位餐具銷售員，但他對大自然、園藝、藝術、音樂、文學與戲劇的喜愛，深深影響著年幼的伊妮。她曾描述自己的父親：「他愛花、鳥兒，以及所有野生動物，他比我見過的任何人，都要了解大自然。」而年幼的伊妮，也經常與父親一同到林間散步。

儘管母親並不認同伊妮所喜愛的文學，但並不影響伊妮對寫作的熱愛。或許，正是受到父親對自然與文學的喜愛，讓伊妮・布萊敦能夠堅持走向作家一途，並在後來，創作出許許多多影響三代英國人的經典奇幻故事。

年幼的伊妮・布萊敦，早已展現對故事創作的熱誠。儘管父親曾希望她跟隨姑姑成為職業音樂家，且伊妮也曾認真的考慮前往音樂學院就讀。但是經過審慎考慮後，伊妮最終仍認為自己更喜歡寫作，而朝著作家之路不斷邁進。

然而，深深啟發伊妮文學熱情的父親，卻在她十三歲生日時離家。而伊妮與母親的關係並不融洽，也因此，在多年後，伊妮甚至沒有參加雙親的葬禮。

童年經歷，就是伊妮・布萊敦的寫作靈感

十到十八歲期間，伊妮・布萊敦都在英國貝肯翰姆地區就讀聖克里斯多夫寄宿學校。就學期間，伊妮非常熱愛運動，也曾獲得學校網球冠軍以及成為長曲棍球隊隊長。在學校科目上，伊妮並沒有特別傑出的表現，但唯獨寫作，卻展現出不同於他人的耀眼光芒。於是，在一九一一年，年僅十四歲的伊妮・布萊敦參加了英國作家、記者暨教育家——阿圖・梅的兒

童詩歌比賽。這位英國當時大作家，在看過伊妮的作品後，更鼓勵她印出自己寫的詩，並且持續創作。

一九一五年，十八歲的伊妮搬出了父母家，並且在英國塞克斯福德大樓居住。這棟傳聞有著鬧鬼房間與神祕地道的房子，據說也成為伊妮後續許多作品的靈感來源。

源源不絕的寫作靈感，帶領孩子進入奇幻魔法世界

離開寄宿學校的伊妮，曾經到小學、幼兒園任教，但她仍不放棄創作，不斷的將手稿寄給當時英國各間出版社。儘管這位懷抱創作熱情的年輕作家多次被出版商回絕，但這些回應並不讓伊妮灰心喪志，反而加深她成為作家的決心。最終在一九二二年，時年二十五歲的伊妮出版了第一本詩集《兒童耳語》（*Child Whisper*，無繁體中文譯本），並且於一九三七年，也就是伊妮四十歲的時候，出版了第一個完整連載長篇故事——《許願椅》，用她那天馬行空的幻想世界，帶領孩子進入奇幻、魔法的精靈國度。

伊妮・布萊敦的創作靈感源源不絕，她曾在寫給英國心理學家彼得・麥克凱勒的信中寫道：「我將打字機放在腿上、閉起眼睛幾秒鐘，讓腦海與心靈淨空，然後等待。接著，就像看見孩子真實的身影，我的故事彷彿站在我的眼前……文章的開頭就這樣進入了我的腦海中。我完全不需要思考、完全不需要思考它。」她也曾寫下：「我對孩子的愛，就是寫作的基礎。」

伊妮・布萊敦位於英國白金漢郡故居（圖片來源：Wikimedia Commons／拍攝者：MilborneOne）。

英國三代人心中，永遠的童書女王

一九六八年，七十一歲的伊妮・布萊敦在英國倫敦北部和普斯特德鎮畫下了生命的句點。她畢生創作超過六百本童書，作品翻譯超過九十種語言，成為僅次於莎士比亞、英國偵探小說作家阿嘉莎・克莉絲蒂、法國小說家朱爾・凡爾納後，第四位全球翻譯作品數量最多的作家。在一九八二年，伊妮更由一萬位十一歲英國兒童票選出「當代最受歡迎作家」。

她所創造的奇幻世界、魔法故事、冒險作品深深影響了許多英國作家，就連現今最知名魔法兒童文學作家、《哈利波特》作者——J・K・羅琳，都曾說過自己的童年便是在伊妮・布萊敦的故事中度過。她的故事，也被前英國首相東尼・布萊爾讚譽為「童年必讀枕邊書」。

這位受到三代英國孩童喜愛的童書作家，用她那奇幻、溫暖、富有想像力的故事，將孩子童年最美的幻想與夢，用文字的刻劃，永遠留藏在每個孩子最深的心靈。

目錄

1 奇怪的舊店鋪

這一系列冒險開始的那天，茉莉和彼得拿著三十五便士一起出門，想幫媽媽買一份生日禮物。

他們把全部的錢從錢盒子裡拿出來，數了數。

「三十五。」彼得說。「太好了！該幫媽媽買什麼禮物呢？」

「媽媽最愛舊的東西了。」茉莉說。「要是我們能找到一間老舊的商店就好了，店裡都是舊東西的那種──你知道吧，有趣的湯匙、少見的花瓶、老舊的眼鏡和珠子，媽媽一定會喜歡這種東西。我敢說，她一定很喜歡能夠放茶葉的舊茶葉罐，或是很舊、很舊的花瓶。」

「好吧。」彼得說。「我們今天就去找找看有沒有那種店。茉莉，戴上帽子，我們出門吧。」

他們就這麼出發，來到了城裡。

「我們要找的店，招牌上面應該會有『古董』這兩個字。」彼得說。「古董的意思就是老舊的東西。找這兩個字就對了，茉莉。」

但是，到處都沒有看到寫著「古董」兩個字的店家。兩個孩子從大街上轉進了小巷子裡。小巷子裡有更多店鋪，但都不是他們想找的店。所以他們繼續走呀走，走進了一條又小又窄的街道，兩旁的房子緊緊挨在一起，光線幾乎照不進來！

在這些房子的中間，藏著一間窗戶髒兮兮的店鋪，窗戶裡面放了一個寫著「古董」的牌子。

「太好了！」彼得說。「這就是賣老舊東西的店。茉莉，妳看，有沒有看到上面有隻天鵝雕像的奇怪小花瓶？我敢說，媽媽一定會喜歡那個花瓶的。上面的標價是二十五便士。我們還可以用剩餘的錢買一些花插在花瓶裡！」

他們走進了又破舊、又陰暗的店裡。裡頭黑漆漆的，兩個孩子差點被堆放在地板上的一捆地毯絆倒。店裡頭好像沒有人在。

彼得走到櫃檯前敲了敲桌面。後面的一扇小門打開了，一位怪異、矮小的男人走了出來。這個男人的身高幾乎和櫃檯一樣高，一雙耳朵是尖的，就像小精靈。兩個孩子驚訝的盯著他看。這個男人看起來很惱怒，講話一點也不客氣。

「你們發出那種噪音是想要做什麼？」

「我們想要買上面有天鵝雕像的那個花瓶。」彼得說。

矮小的男人自言自語的不斷抱怨著，他拿起花瓶、放到櫃檯上推給兩個孩子。彼得放下錢，禮貌的問：「請問，可以給我幾張包裝紙把花瓶包起來嗎？」他說。「這是我們要送給媽媽的生日禮物，我不希望她看到我拿著花瓶回家。」

矮小的男人不斷發著牢騷，他走向堆放在店鋪後面的一大疊箱子，打開其中一個箱子開始找包裝紙。孩子們默默的在一旁看著他。這時，一件讓他們非常訝異的事發生了，一隻有著金色眼睛的大黑貓從箱子裡跳了出來，對矮小的男人咧著嘴低吼。他打了貓一掌，接著把牠塞回箱子裡，然後打開了另一個箱子。

這個箱子裡冒出了一大團綠色煙霧，煙霧飄得到處都是，味道也很奇怪。矮小的男人像是抓住了一條彩帶般抓住那陣煙霧，想把煙霧塞回箱子裡。但是，這團煙霧掙脫了他的手，開始在店裡四處亂飄。矮小的男人氣得直跺腳，看到這裡，兩個孩子都嚇壞了。

「還是別等他找包裝紙了，我們走吧。」茉莉悄悄對彼得說。但是，就在這個時候，另一件古怪的事發生了。矮小的男人又打開了另一個箱子，箱子裡飛出了一群藍色的蝴蝶。牠們飛到空中，這讓矮小的男人再次憤怒的大吼。他衝到門邊用力的把門摔上，因為他擔心蝴蝶會逃出去。兩個孩子害怕

的看他把門鎖上，接著把鑰匙放進了口袋裡！

「除非他打開門讓我們出去，不然我們就出不去了。」茉莉說。「喔，天啊！我們為什麼要來這裡呢？我敢說，那個矮小的男人一定是侏儒什麼的。」

矮小的傢伙打開了另一個箱子。接著，哎唷喂呀！箱子裡跳出了一隻紅色的狐狸！狐狸短促的叫了一聲，把鼻子貼在地板上，開始在店裡亂跑。兩個孩子有點害怕，只好坐到一張老舊的椅子上、把腳縮起來，這樣狐狸才咬不到他們。

這間店真是他們碰過最奇怪的一間店了，商店老闆竟然把這些怪異的東西都放進了箱子裡！說真的，這間店一定跟魔法有關。這才不是一間正常的店呢！

兩個孩子發現商店中央有個通往樓上的小樓梯，這時，有個人突然出現在樓梯頂端。那個人又高又瘦，留著好長好長的鬍子，幾乎要碰到地板了。他的頭上戴著一頂尖尖的帽子，讓他看起來更高了。

「你看！」茉莉說。「他看起來像不像巫師？」

「迪皮！迪皮，你在做什麼？」那個人大喊。他的聲音詭異又低沉，就像從很遠很遠的地方傳來隆隆雷聲。

「我想找一張包裝紙，」矮小的男人粗魯的回答，「我可以在這裡找到蝴蝶和狐狸，一隻黑貓還有——」

「什麼！你竟然打開了那些箱子！」那名男人生氣的吼道。他重重的踩著步伐、走下樓梯，接著看到了在商店裡的兩個孩子。

「你們是誰？」他瞪著他們問。「你們怎麼敢進來這裡？」

「我們想要買這個花瓶。」彼得害怕的回答。

「好啊，既然你們也在這裡，就可以幫迪皮抓狐狸。」高瘦的男人一邊說，一邊抓起他長長的鬍子，在下巴打了一個結。「快點！」

「我不想抓狐狸。」茱莉說。「牠可能會咬我！開門讓我們走吧！」

「除非狐狸和蝴蝶都被抓回箱子裡，否則我不會開門。」高瘦的男人說。

「喔，天啊！」彼得說。他不打算從椅子上下來，他和茱莉依然縮著腳、坐在椅子上。「真希望我們現在安全的待在家裡。」

接著，他們遇到今天最離奇的一件事！屁股下的那張椅子開始發出吱嘎、吱嘎的聲響與呻吟聲，然後載著兩個孩子一起飛到了半空中。他們緊

緊抓著椅子，不知道這到底是怎麼一回事。椅子往門口飛去，但商店大門早就被關起來了。椅子又飛向窗戶，但窗戶也關得緊緊的。

巫師和迪皮追在椅子後面，怒氣沖沖的大叫：「你們怎麼可以使用我們的許願椅！快許願讓它回來，許願讓它回來！」

「我不要！」彼得大叫。「快走，許願椅，帶我們回家！」

許願椅發現它沒辦法從門和窗戶逃出去，只好飛上了小樓梯。樓梯頂端的門很窄，許願椅差點就被卡住了，但它最後還是順利的從門口擠了過去。兩個孩子還來不及看清楚樓上的房間長什麼樣子，許願椅就從打開的二樓窗戶飛了出去、飛到了街道上。它立刻飛到好高好高的天上，遠遠離開了屋頂，往茉莉與彼得的家飛去。兩個孩子實在是太驚喜了，他們緊緊抓著椅子的扶手，要是掉下去就糟糕了！

「茉莉，妳有沒有聽到翅膀拍動的聲音呀？」彼得說。「這張椅子有翅膀嗎？」

茉莉從許願椅的邊緣小心翼翼的向下看。「它有翅膀！」她說。「許願椅的四隻腳上各有一隻紅色的小翅膀，聲音就是它們發出來的。這真是太奇妙了！」

許願椅開始降落了。兩個孩子發現他們已經抵達家裡的花園上方。

「許願椅，去遊戲室。」彼得立刻說。許願椅飛到花園後面的一間小屋子裡。孩子們的遊戲室就在這裡面，他們把所有玩具和書都放在這裡，這樣一來，他們可以在這裡玩任何遊戲。許願椅從遊戲室敞開的大門飛了進去，降落在地板上。兩個孩子從椅子上跳下來，互看對方。

「這是我們這輩子遇到的第一場冒險！」茉莉開心的說。「喔，彼得，我們得到了一張魔法椅子——一張許願椅！」

「嗯，其實許願椅並不是我們的。」彼得一邊說，一邊小心的把天鵝花瓶放在桌上。「或許，我們應該把許願椅送回那家店裡。」

「我想也是。」茉莉難過的說。「要是我們能留下這張許願椅該有多棒啊！」

「許願椅，回去你的店裡吧。」彼得發號施令，但許願椅一動也不動。彼得又說了一次，但許願椅還是不動！它降落在這裡，就只能留在這裡了。這時，兩個孩子發現原本椅腳上的紅色小翅膀不見了！現在，它看起來就像一張平凡的椅子。

「茉莉，快看！許願椅的翅膀不見了！」彼得大叫。「它不能飛了！我想，應該只有在長出翅膀的時候，它才能飛。許願椅一定是我們在店裡、坐在它身上的時候長出翅膀的。我們真幸運！」

「彼得！等到許願椅再次長出翅膀時，我們就坐上去，看看它會去哪裡吧！」茉莉興奮得滿臉通紅。「噢，拜託啦！」

「但是，我不知道它會帶我們去哪裡啊！」彼得猶豫的說。「不過，茉莉，我們一直都很想去冒險，對吧？那就這麼做吧！等到許願椅下次長出翅膀的時候，我們就坐上去，再飛一次！」

「萬歲！」茉莉說。「希望它明天就能長出翅膀！」

2 巨人的城堡

每一天，茉莉和彼得都會跑到花園裡的遊戲室，看看許願椅長出翅膀了沒有。但是，許願椅每次都讓他們失望了。

「說不定，許願椅要到晚上才會長出翅膀。」彼得說。「但是我們不可能晚上還一直跑過去看。我們要有耐心。」

有時候，兩個孩子會坐在椅子上，許願讓他們到別的地方去，但什麼事都沒發生。這真的很令人失望。

有一天，椅子再次長出了翅膀。那是一個週六的下午，兩個孩子都因為不用去學校而覺得興高采烈。他們跑到遊戲室、打開門，一眼就發現椅子長出翅膀！他們不可能沒有發現許願椅長出翅膀了，因為翅膀正不斷拍動著，似乎馬上就要帶著許願椅飛走了！

「快！快！」彼得一邊喊，一邊拉著茉莉往許願椅跑過去。「跳上去。它要飛走了！」

正好趕上了！許願椅飛到空中，用力拍動翅膀往門口飛去。它飛出了大門，一下子就飛得好高好高。兩個孩子緊緊抓住椅子，覺得快樂極了。

「我們要去哪裡呢？」彼得問。

「天知道呢！」茉莉說。「它想帶我們去哪裡，我們就去哪裡吧！總之，一定會很刺激。要是它飛回去那間好玩的商店，我們只要在它飛進門的時候跳下來跑走就好了。」

但是，許願椅沒有回去那間古董店。它直直往西邊飛去，太陽已經開始下沉了。不久，一座高山在許願椅下顯現，兩個孩子驚奇的往下看著那座山。山頂上有一座巨大無比的城堡。

「真想知道這是哪裡。」彼得說。「喔，我說啊，茉莉，許願椅正往城堡下降呢！」

它拍動著玫瑰紅的翅膀不斷降落。很快的，它就下降到屋頂的高度，它沒有繼續往下尋找門或窗戶，而是選了一片平坦的屋頂、停在上面，並發出一聲嘆息，好像累壞了似的。

「茉莉，走吧！我們去探險！」彼得興奮的說。他從許願椅上跳下來，朝通往城堡裡面的巨大階梯跑過去。他悄悄往下看。附近沒有人。

「這是我看過最大的城堡。」彼得說。「不知道是誰住在這裡？我們下去看看。」

他們步下階梯，走到了樓梯間的平台，下面還有一大段巨大的階梯。平台的每一側都有一扇龐大的門，每扇門都被門栓鎖住了。

「希望裡面沒有關著囚犯。」茉莉有點恐懼的說。

樓梯最底端連接到一個寬廣的大廳。兩個孩子站在樓梯口，驚嘆的看著周圍。有個和六個成年人相疊一樣高大的巨人坐在一張巨大的桌子前，他正在看一本書，試著把數字加起來。

「三乘以七，三乘以七，三乘以七！」他喃喃自語。「我永遠也記不住。那個可悲的小妖精在哪？要是他不知道答案，我就要把他變成一隻黑甲蟲！」

巨人抬起頭開始大吼大叫，他的聲音實在太大了，兩個孩子不得不用手摀住耳朵。「奇奇！奇奇！」

接著，比兩個孩子還要矮小的妖精，從一個像是洗碗槽的櫃子裡跑了出來。他一手拿著一隻巨大的靴子，另一手拿著一支小小的牙刷。

「不要再清理我的靴子了，聽我說話！」巨人命令。「我又不會算數了。我想把上星期花的錢加起來，但算出來的答案一直是錯的。三乘以七等於多少？」

「三乘以七？」妖精小小的尖臉上露出了害怕的表情。

「沒錯，三乘以七。」壞脾氣的巨人高聲的說。

「我知道和七乘以三的答案一樣。」妖精說。

「但是我也不知道七乘以三是多少！」巨人咆哮起來。「你告訴我！我要一個不知道九九乘法表的僕人有什麼用呢？快點，三乘以七等於多少？」

「我不、不、不、不知道！」可憐的妖精結結巴巴的說。

「那我要把你鎖在城堡頂樓的房間裡，等你知道了再放你出來！」巨人憤怒的大叫。他抓起妖精往樓梯走去，接著，他看到了站在那裡的兩個孩子，驚訝的停下腳步。

「你們是誰？你們在這裡做什麼？」他問。

「我們只是來短暫拜訪而已。」彼得勇敢的回答。「我們知道三乘以七的答案，也知道七乘以三的答案。你先把妖精放下來，我們再告訴你答案。」

「不行，你們必須先告訴我答案，你們這兩個聰明的小孩！」巨人開心的吼道。

「答案是二十一。」彼得說。

巨人用手緊緊抓著妖精，走回桌前，把數字加起來。

「沒錯——二十一。」他說。「我剛剛怎麼沒想到呢？太好了！」
「把妖精放走吧。」茱莉懇求巨人。
「喔，不！」巨人邪惡的笑了起來。「我要把他關在城堡頂樓的房間裡，讓你們兩個變成我的僕人，幫我算加法！我現在要去把奇奇關起來了，你們跟我走。」
他把兩個怒氣沖沖的孩子推到身前，要他們往樓梯上爬，他們一直爬到最上面那扇門前。巨人拉開門栓，把正在哭泣的妖精推進門裡。接著，他再次把門栓扣回去、鎖上門。
「快！」彼得小聲的告訴茱莉。「我們一起跑上台階、衝到屋頂，坐上許願椅。」
巨人鎖門的時候，兩個孩子立刻跑上階梯、衝往屋頂。巨人不打算阻止他們。他站在原地一邊大笑，一邊咆哮。
「好吧，我可不知道你們要怎麼從那裡逃走。」他說。「你們最後還是只能跑下來，我會在這裡等著抓住你們的。然後，我會好好打你們兩個的屁股！」
兩個孩子爬上了城堡屋頂的那片空地。許願椅就擺在那裡，看起來和他們離開時一模一樣，它的紅色翅膀在陽光下閃閃發光。兩個人一起坐上許願椅，彼得大叫：「去關著妖精奇奇的房間！」

許願椅升到空中，飛越城堡的屋頂，接著下降到一個大窗戶前。窗戶是開著的，許願椅擠進了窗戶。妖精奇奇就在房間裡，他正坐在地板上哭泣。看到許願椅載著兩個孩子飛進來的時候，他驚訝得根本站不起來。

「快！」茉莉喊。「奇奇，快坐上這張椅子。我們帶你逃跑！」

「是誰在講話？」巨人的聲音突然大聲響起，兩個孩子都聽到他拉開門栓並拿出鑰匙開門鎖的聲音！

「奇奇，快、快！」彼得喊著。他把一臉驚訝的妖精拉上許願椅。三個人坐在許願椅上、擠在一起，彼得喊道：「帶我們回家！」

門被迅速甩開，當巨人衝了進來的時候，許願椅也及時飛出了窗外。巨人跑到窗邊，伸手用力一抓。他的大手揮中了椅腳，許願椅劇烈搖晃了一下。奇奇差點就摔下去了！還好彼得抓住他，把他拉回許願椅上。接著，他們往天空高高飛去，憤怒的巨人再也抓不到他們了。

「我們成功了！」彼得大喊。「這場冒險真棒！奇奇，開心點呀，我們會帶你回家的。如果你願意的話，可以跟我們住在一起。我們家花園後

面有一個很棒的遊戲室。你可以住在那裡，不會有人發現你的。有了你和許願椅，我們一定能做很多好玩的事！」

「你們對我真好。」奇奇感激的說。「我很樂意和你們住在一起，我可以帶你們冒險很多、很多次！」

「萬歲！」兩個孩子大喊。「奇奇，快看，我們要降落到我家的花園了。」

很快的，他們就安全的回到了花園中，許願椅從敞開的遊戲室大門飛了進去。它的翅膀消失了，在降落的同時，許願椅發出了一聲好長的嘆息，好像在說：「又回到家了。」

「你可以用沙發上的抱枕做一個很棒的床鋪。」茉莉對妖精說。「我可以幫你從儲物櫃裡拿一張毯子給你蓋。我們要先走了，現在已經超過我們的下午茶時間了。我們明天再來看你。祝你好運！」

3 魁畢特地精

能和真正的妖精一起生活真是太有趣了！茉莉和彼得每天都會去遊戲室和奇奇聊天，奇奇就是他們從巨人城堡中救出的妖精。他拒絕向他們拿取任何食物，他說他認識花園裡的小仙子，他們會幫他帶來所有需要的東西。

「奇奇，你可以幫我們一個忙嗎？」茉莉說。「你知道，我們不能一直待在許願椅旁邊看它有沒有長出翅膀，對吧？如果你可以幫我們看著許願椅，當它長出翅膀的時候過來告訴我們，我們就可以立刻衝到這裡，開始另一場冒險了。若你能幫我們這個忙的話，那就真是太好了。」

「當然可以。」奇奇說。他是個樂於助人又總是心情愉快的小傢伙。

「我會盯著許願椅，一刻都不會移開視線！」

信不信由你，就在當天晚上，正當奇奇打算要睡覺的時候，他在一片漆黑的遊戲室中，感覺到了一股奇異的風吹了過來。許願椅正擺動著翅膀！奇奇馬上跳下床、衝到遊戲室的外面往房子跑去。他知道哪個房間是兩個孩子的臥室，他爬上了一棵老梨樹，敲了敲他們的窗戶。

過沒多久，茉莉和彼得就穿著溫暖的睡袍跑到了遊戲室中。他們點亮了一根蠟燭，再次看到了許願椅的紅色翅膀。

「快來！」彼得大喊著跳上了許願椅。「不知道這次會飛到哪裡去呢？」

茉莉也跳上了許願椅，奇奇擠進了他們兩個之間。許願椅的座位變得好滿。

它飛出門、升到空中。月亮已經升起來了，周圍看起來幾乎和白天一樣明亮。許願椅往南邊飛去，接著又在一個閃爍著藍光和綠光的奇怪小森林裡降落。

「唉呀、唉呀！我們要去的地方是魁畢特地精的地盤。」妖精說。「我不喜歡這個主意。他們會搜括所有東西，尤其是那些不屬於他們的東西。我們一定要小心點，別讓他們搶走我們的許願椅！」

許願椅停在一個小小的空地中，旁邊是好幾棟奇異的毒蘑菇房子。房子的門都裝在又大又粗的蘑菇莖上，窗戶則在上方。附近都沒有人。

「喔，我們一起探索這個奇怪的村莊吧，拜託！」茉莉開心的大喊。「我想要探索這個村莊！」

「好吧，那你們盡量快一點。」奇奇緊張的說。「如果魁畢特地精發現我們在這裡，他們很快就會試著把這個、那個和其他東西統統搶走。」

兩個孩子跑到毒蘑菇房子周圍看著這些房子。這些房子真是可愛。茉莉希望他們家的花園也能有一棟這樣的房子，要是能住在毒蘑菇裡面該有多好玩啊。

「奇奇在做什麼呢？」彼得轉過身去找奇奇。

「他拿了一條繩子還是什麼東西。」茉莉驚訝的說。「喔，彼得，我們還是別打擾他吧。你快看看這裡！」

這裡有六個小小的毒蘑菇，上面已經擺好早餐了。真棒，他們不但用毒蘑菇當作房子，也用來當作桌子呢！

突然之間，旁邊一棟毒蘑菇房子裡傳出了高聲的喊叫。

「有小偷！有歹徒！」

一道人影從巨大的毒蘑菇房子的窗戶中探出，用手指著兩個孩子。片刻後，所有魁畢特地精都醒來了，他們全都從房子中一湧而出。「小偷！小偷！你們在這裡做什麼？小偷！」

「不，他們不是小偷！」奇奇說。他從一大群興奮的地精中擠了過來。「他們只是來這裡探險的孩子而已。」

「你們是怎麼來的？」一隻地精立刻問道。

「我們是坐著許願椅來的。」茉莉回答。話剛說出口，她就立刻希望自己沒有回答這個問題。因為魁畢特地精突然愉快的大喊

一聲，衝向沐浴在月光下的許願椅。

「我們一直想要有一張許願椅，我們一直想要有一張許願椅！」他們喊著。「快來，我們一起把許願椅帶回專門放寶藏的洞穴裡吧！」

「但這張許願椅是我們的！」彼得氣憤的大喊。「而且，要是你們把許願椅拿走，我們要怎麼回家呢？」

但地精根本不理他。他們衝到許願椅旁邊，很快的，許願椅就被他們的身影遮住了，彼得很擔心，現在所有小地精都爬到許願椅上並坐了下來——座位上、椅背上、扶手上，到處都有地精坐在上面。

「去我們的寶藏洞穴！」他們大喊。許願椅拍了拍紅色的翅膀，向上升起。地精開心的發出勝利的呼喊：「我們走吧！再見了！」

「喔，快看！」茉莉突然說。「有什麼東西勾住了許願椅。那是什麼？」

「是一根繩子！」彼得說。「喔，奇奇，你真是聰明！你用繩子把椅腳綁住了，另一端則綁在那裡的樹幹上，這樣許願椅就不會飛走了。」

「沒錯，」奇奇笑著說，「它飛不走了，我很清楚那些魁畢特地精的德性！或許，我不知道三乘以七等於多少，但我知道那些地精有多像搶匪！他們想拿走這張許願椅可沒那麼容易。」

許願椅不斷升高，直到整條繩子繃緊、再也無法上升為止。然後許願椅停了下來。它在空中左右晃動、拍動著翅膀，但再也無法往前半分。地精不斷對許願椅又喊又叫，但一點用也沒有。許願椅沒辦法飛更遠了。

「好啦，現在地精的問題解決了。」奇奇笑著說。「讓我們一起好好探索這個村莊吧，孩子們？」

兩個孩子花了半小時在古怪的毒蘑菇房子裡東看看、西瞧瞧，奇奇拿了一些地精蛋糕和地精檸檬汁給他們，這兩種食物都美味極了。

在這段時間裡，那些地精一直坐在比樹還要高的許願椅上，對兩個孩子揮舞拳頭、大吼著威脅他們。他們顯然被卡在許願椅上了，既不能往上，也不能往下。

「我們該回家了。」奇奇突然指了指東方。「看！天快要亮了。聽我說，我需要你們幫我一起把許願椅拉到地面上。我們要用很快的速度把許願椅拉下來，讓許願椅在降落時，用力撞擊地面。這麼一來，所有的地精都會被震飛。當他們努力重新站起來的瞬間，我們要立刻跳上許願椅，就可以飛走了。」

「好主意！」彼得笑著說。彼得、茉莉和奇奇走到繩子旁，三個人一起用力拉繩子。許願椅快速的從空中往下降，許願椅撞到地面時大力的震了一下，每個地精都被震飛了。

「喔——」他們大喊。「停下來，你們這些奸詐的孩子！」

但他們沒有停下來。三個人立刻跳上許願椅，彼得大喊：「請帶我們回家！」

魁畢特地精還來不及抓住許願椅，椅子就上升到空中了。但地精用力拉住了繩子，許願椅又再次下降。

「快！快把繩子切斷！」彼得對奇奇喊道。可憐的奇奇，他努力尋找身上的所有口袋，但就是找不到他的小刀。地精用力拉著繩子，椅子又往下降了一些。

這時，奇奇找到小刀了！他彎腰向椅腳伸出手，砍斷了繩子。許願椅立刻彈回空中，他們自由了！

「家——家——」彼得開心的唱。「我說啊！說到冒險呢，每一次的新冒險似乎都比上一次的冒險還要更刺激。接下來我們要去哪裡呀？」

4 拯救蘋果派村莊

一天，彼得和茉莉一起跑到遊戲室裡找奇奇，發現他正一邊讀信一邊大聲抱怨。

「奇奇，你怎麼了？」兩個孩子驚訝的問。

「喔，我收到我的表親——阿布寄來的信。」奇奇說。「阿布說，妖精村莊裡的人最近很不快樂，因為一個名叫嚯嚯的巫師住進了村莊裡。他是個可怕的人，一天到晚走來走去，還不斷發出『嚯嚯！』的聲音。他喜歡抓小妖精去幫他實驗魔法，只要有人反抗，他就會用魔法欺負那些人。我覺得很難過。」

「喔，奇奇，我們也替你感到難過！」兩個孩子立刻說。「我們能不能幫上什麼忙呢？」

「應該沒辦法。」奇奇喪氣的說。「但是，如果你們不介意的話，我真的很希望下一次許願椅長出翅膀的時候，能坐許願椅去回妖精村莊裡看看。」

「當然可以！」兩個孩子說。接著，茉莉開心的指著許願椅大叫：「快看！它正要長出翅膀了呢！真可愛，它一定聽見我們說的話了。」

「我們一起去吧。」彼得說。一想到又能開啟另一場冒險，他就覺得很刺激。

「喔，不行。」奇奇立刻說。「我最好自己去。那個巫師很可怕。你們那麼聰明，他可能會想要抓住你們，到時候我會覺得很難過的。」

「我不管！」彼得說。「我們要一起去！」

他和茉莉走到許願椅旁邊，堅定的坐上椅子。奇奇也走過去坐上許願椅，擠在他們兩個之間。「你們真好！」他快樂的說。

許願椅吱嘎作響，在它起飛之前，妖精大聲喊道：「去蘋果派村莊！」

它拍著玫瑰紅的翅膀慢慢飛出門。兩個孩子已經習慣坐在飛行中的許願椅上了，但他們現在比過去任何時刻都還要興奮。蘋果派村莊！聽起來多麼神奇啊！

過沒多久，許願椅就帶他們到達了目的地。許願椅把他們放在村莊正中間的街道上，他們立刻就被一大群激動的妖精圍住了，這些妖精一一和奇奇握手，問了一百個問題。

奇奇用最大的音量向大家介紹這兩個孩子是誰，還有他們為什麼會來這裡。突然之間，所有人都陷入了沉默，每個人的臉色都變得蒼白。

嚯嚯巫師來到這條街上了！

嚯嚯巫師的個子矮小，他披著一件長長的披風，走路的時候披風會不斷飄動，上面的金色線條不時閃爍。他的頭上戴著一頂貼頭圓帽，上面繫著幾個聲音清脆的銀色鈴鐺。他在長長的鼻子上架了三副眼鏡，長到腰部的鬍子分成了三綹；真是個外表奇特的傢伙。

「嚯嚯！」他一邊向妖精們走來，一邊說：「這是誰啊？是訪客嗎？啊，真是幸運，我肯定這是張許願椅，就和我肯定狗有尾巴一樣那麼肯定！不得了、不得了、不得了！」

大家一句話也不敢說。巫師用一根長長的樹枝戳了戳許願椅，然後轉向兩個孩子。

「嚯嚯！」他透過三副眼鏡，眼神閃爍的看著他們。「嚯嚯！所以說，你們有一張魔法椅子。請過來和我一起喝杯早晨的熱可可吧，我會買下你們的許願椅。」

「但我們不想把許願椅賣掉。」彼得立刻開口說。巫師轉身面向他，眼睛裡彷彿冒出了火花。他非常憤怒。

「你竟敢拒絕我！」他大喊。「我要把你變成一個——」

「我們會在半個小時之後過去。」奇奇把彼得拉到身後，結結巴巴的說。「巫師先生，這個男孩不懂你有多了不起。」

「哼！」巫師氣呼呼的走了，斗篷在身後飄揚。

「現在該怎麼辦？」彼得擔心的說。「奇奇，我們難道不能坐上許願椅然後飛走嗎？我們走吧！」

「不、不，不行！」所有妖精異口同聲的大喊。「若你們走了，嚁嚁會懲罰整個村莊的，那一定會很可怕。請留下來幫助我們。」

「一起到我表親阿布的家裡想辦法吧。」奇奇說。阿布長得跟奇奇很像。兩個孩子和奇奇跟著阿布，一起走進村莊盡頭一間歪歪斜斜的小木屋中。屋子裡乾淨整齊，非常漂亮，兩個孩子坐了下來，吃起巧克力核桃蛋糕、喝了些檸檬汁。每個人都很安靜。接著，彼得的眼睛開始發亮，他傾身靠向阿布。

「我說呀，阿布，你會不會剛好擁有能夠讓人睡著的魔法咒語呢？」他問。

「當然有！」阿布疑惑的說。「為什麼這麼問？」

「這個嘛，我想到了一個不錯的計畫。」彼得說。「我們可以讓嚁嚁睡著，你覺得怎麼樣？」

「讓他睡著有什麼用嗎？」奇奇和阿布說。

「嗯——他睡著的時候，我們可以把他放到許願椅上，帶到別的地方再丟下他，然後我們就可以回家了！」彼得說。「這樣你們就可以擺脫他了，對吧？」

「我的天啊！真是個好主意！」奇奇興奮的從椅子上跳起來大喊道。

「阿布！要是我們能成功的話就太棒了！聽著！沉睡咒語在哪裡呢？」

「在這裡。」阿布打開一個抽屜，拿出一顆像是芥末籽的黃色小東西。

「好，彼得有一袋巧克力，」奇奇說，「他可以把沉睡咒語放進其中一個巧克力裡，給噻噻吃。」

「但我們要怎麼讓他吃到對的那一顆巧克力呢？」茉莉說。

「我們可以把所有巧克力都拿走，只留下一塊巧克力，」奇奇回答，「彼得把裝著最後一塊巧克力的袋子拿在手中，他一定要表現出這袋東西非常寶貴，如此一來，噻噻一定會問他那是什麼。如果彼得回答，這是一塊非常特別的巧克力，他絕不會分給別人的話，那個老巫師一定會貪心的把巧克力拿走，然後把巧克力吃掉。接下來，他就會睡著，我們就可以用許願椅送他去塔塔老夫人那裡了。塔塔老夫人一定會很高興的，噻噻以前曾經想要把塔塔老夫人變成一隻瓢蟲，我覺得塔塔老夫人可不會輕易放過他！」

「太棒了！」大家一起喊道。阿布繞著房間跳舞，他太興奮了，一不小心就跌到了煤炭桶上，生火用具全都噹啷落地，他們全都笑了起來。每個人都非常激動，要非常努力才能靜下心來把彼得帶來的那袋巧克力倒在桌上，挑出一塊來放沉睡咒語。

他們選了一塊上面印著紫羅蘭花紋的巧克力，這塊巧克力看起來漂亮極了。彼得在巧克力上鑽了一個小洞，把咒語塞進去。然後，他把剩下的巧克力都留給阿布，阿布說他會好好享用這些巧克力的。彼得把印有紫羅蘭花紋的巧克力放進袋子裡，和其他人一起去看許願椅了。

許願椅依然停在原本的地方，紅色翅膀垂落在椅腳上，好像很累的樣子。奇奇和彼得覺得他們應該把許願椅一起帶到嚯嚯的小屋去。嚯嚯的小屋就在隔壁街，所以他們把許願椅扛在肩膀上，往隔壁街走去。

嚯嚯正在等著他們，他一臉狡猾的躲在窗戶內觀察他們。嚯嚯打開門，他們便帶著許願椅走進屋裡。

「看來，你們把許願椅帶來給我了。」嚯嚯說。「你們很聰明！現在，你們可以坐下來喝一杯可可了。」

他倒了一些沒有加牛奶、味道很淡的可可給他們喝，接著便目光銳利的盯著他們。嚯嚯立刻注意到彼得小心翼翼的用手捧著什麼東西，就連在喝可可的時候，都沒有把東西放下來。

「你手上拿的是什麼東西？」嚁嚁問。

「是我想要留下來的東西！」彼得立刻回答。

「給我看。」巫師急切的說。

「不要。」彼得說。

「給我看！」巫師生氣的命令道。

彼得裝出一副被嚇到的樣子，立刻把紙袋放在桌上。巫師拿起袋子、打開來，接著拿出了巧克力。

「嚁嚁！這真是我看過最漂亮的一塊巧克力了！」說完之後，他舔了巧克力一下，想嘗嘗味道。

「不要吃那塊巧克力，喔，別吃它！」彼得立刻大喊，裝出非常生氣的樣子。「那是我的！」

「哈，現在這塊巧克力是我的了！」巫師把巧克力丟進嘴裡，咀嚼了起來。嚯嚯才剛把巧克力吞下肚，就開始不斷點頭，接著慢慢閉上了眼睛。他的打呼聲聽起來就像是有十二隻豬在大叫！

「咒語生效了、咒語生效了！」彼得興奮的又叫又跳。

「好了，彼得，我們現在可沒時間又跳又叫的。」奇奇急急忙忙的說。「咒語隨時會失效，我們可不希望他在抵達塔塔老夫人家之前就醒過來。請你幫我把他放到許願椅上。」

他們一起把睡著的巫師丟到許願椅上。接著茉莉坐上一邊扶手，彼得坐上另一邊扶手，奇奇穩穩的坐在椅背上。「去找塔塔老夫人！」他大喊。許願椅立刻拍動原本動也不動的翅膀、飛出門、上升到空中。村莊裡的妖精都在歡呼。這真是太令人開心了！

大約過了五分鐘之後，許願椅再次向下降落，下面是一座小山丘，山丘頂上有一間小屋子。那就是塔塔老夫人的家。許願椅向下降落在她的前門，外面有一把木製長椅。他們三個人一起，把還在打呼的巫師從許願椅上拖下來、放到長椅上。

接著，奇奇拉起門環，用力敲了四下。「叩、叩、叩、叩！」

他用最大的音量喊道：「塔塔女士！我們送來了一個禮物給妳！」

接著，他和兩個孩子立刻跳上許願椅，飛上了空中。他們一起低頭，發現老夫人打開門後，看到嚯嚯巫師睡在外面，開心的驚呼了起來。

「等他醒來之後，不知道會有多麼驚訝！」奇奇笑著說。「啊，孩子們，真是非常、非常感謝你們的幫助。你們從一個討人厭的傢伙手上拯救了蘋果派村莊。一想到他要打掃塔塔老夫人的廚房，還要幫她從水井裡打水，就讓我覺得開心！我猜塔塔老夫人一定有辦法讓他努力工作的！」

「嚯嚯！」當許願椅往遊戲室下降時，孩子們一起大喊。「或許在面對塔塔老夫人時，嚯嚯巫師就不會那麼頻繁的說『嚯嚯』了！」

「沒錯！說不定他還會因為說了『嚯嚯』而被打屁股呢。」奇奇笑了起來。「啊，我們到啦！明天見，孩子們！」

5 妖精奇奇掉下去了！

有一次，兩個孩子坐著許願椅出發去冒險時，遇到了一件非常糟糕的事。那天，當許願椅長出翅膀時，他們三個人都在遊戲室中。於是，他們立刻跳上許願椅，很快就飛到了高空中。

他們在空中聽到了一陣震耳欲聾的聲音，三個人看了看四周。

「是一架飛機！」彼得高聲叫喊。

「我說啊，那架飛機離我們好近啊！」茉莉大叫。

飛機的確離得很近，而且似乎完全沒有注意到他們的樣子，直直向他們飛來。其中一個寬大機翼的邊緣碰到了許願椅，讓許願椅劇烈晃動了一下。

茉莉和彼得都穩穩的坐在座位上。但奇奇坐在椅背上，他被震得掉下了許願椅！

茉莉在他墜落時努力抓了他一把，但她只摸到了奇奇的衣角。兩個孩子驚恐的看著奇奇不斷往下掉——往下掉——往下掉——

「喔，彼得！」茉莉絕望的喊著，「可憐的奇奇！他會怎麼樣呢？」

飛機平穩的飛過他們身邊，永遠不會知道它撞到了一張許願椅。彼得臉色蒼白的看著茉莉。

「我們一定要讓許願椅飛下去，看看奇奇有沒有受傷。」他說。「喔，我的天！這真是太糟糕了！許願椅，向下飛到地面。」

許願椅拍動紅色翅膀，慢慢降落到地面。當它停穩之後，兩個孩子跳了下來。他們降落在一個空曠的地方，四周都是廣闊的田野，沒有看到奇奇的蹤跡。

他們聽到有人哼歌的聲音，接著，便看到了一名又圓又胖的矮小男人，他的頭上頂著一個布包袱，正往這邊走來。

「你好，」彼得叫住他，「請問，你有沒有看到一隻妖精從天空上掉下來呢？」

「這是謎語嗎？」圓滾滾的矮小男人傻笑著說。「我也可以問你一個謎語，你有看過一隻叫聲像驢子的馬嗎？」

「別蠢了。」茉莉說。「我們是認真的。我們的朋友從天空中掉下來了。」

「喔，告訴他別再這麼做了。」圓滾滾的矮小男人說。「今天只有一大片雪花從天上掉下來。祝你們有個愉快的早晨！」

他繼續往前走，頭頂上的布包袱不斷上下跳動。兩個孩子覺得非常生氣。

「可憐的奇奇從天空中掉下來了！他怎麼可以拿這種事開玩笑呢！」茉莉眼中充滿淚水。「真是可怕的傢伙。」

「又有一個人走過來了。」彼得說。「你好，請你停下來一下！」

另一個人的身材也一樣又圓又胖，她的頭上也頂著一個布包袱，口中也哼著歌。她看到兩個孩子時，停下了腳步。

「請問妳有沒有看到一個從天上掉下來的妖精？」彼得問。

「沒有。那你有看到嗎？」圓滾滾的矮小女人笑著說。

「當然有呀！」茉莉不耐煩的說。

「騙人！」圓滾滾的女人說。「只有一大片雪花從天空中掉下來，沒有別的東西了。」

「他們的腦袋裡只有雪花！」在那名女人哼著歌走遠時，彼得說。「茉莉，我們走吧！我們最好自己去找奇奇。他一定就掉在這附近，我們可以一左一右搬著許願椅走，這樣才能確保許願椅的安全。我不相信這些笨蛋。」

他們搬著許願椅，一路走到了一個市集。市集裡到處都是那些又圓又胖的人，全都在哼著歌。一名街頭公告員正一邊繞著市場，一邊搖著鈴鐺，他大聲喊著：「聽好啦！聽好啦！蘋果派夫人弄丟了她的眼鏡！聽好啦！聽好啦！」

這時，彼得突然想到了一個好主意。「茉莉，我說啊！我們去請街頭公告員公告奇奇的事吧。只要有人能告訴我們奇奇的消息，我們就給他獎賞。一定有人看到他掉下來了。」

沒多久，街頭公告員就搖著他的鈴鐺，大聲喊道：「聽好啦！聽好啦！只要你有從天空掉下來的妖精的消息，就可以領賞！聽好啦！」

茉莉和彼得站在一個平台上，如此一來，大家才知道有消息的人要找誰領賞。他們開心的看著一大群人聚集了過來。

「我們有消息、我們有消息！」他們一邊大叫一邊互相推擠，想要第一個擠到彼得面前。

「好，你在哪裡看到妖精掉下來的？」彼得詢問最前面的一位矮小男人。

「先生，我看到一大片雪花掉在小黃花田野上。」他說。

「別傻了。」彼得說。「我說的是妖精，不是雪花。你不知道妖精跟雪花之間有什麼差別嗎？大家都知道雪花本來就是從天上掉下來的。這可不算什麼消息。請換下一位！」

但下一個人也說了一樣的話，再下一個也一樣，再下一個也一樣……這讓兩個孩子覺得既煩惱又失望。

「我們想要我們的獎賞！」有個人突然大喊道。「我們已經提供消息給你們了，但你們還沒有給我們獎賞。」

「你們沒有提供正確的消息！」彼得生氣的吼回去。

「我不管！」這群矮小的人大喊道，他們看起來很生氣。不過看起來也很有趣，因為每個人都在頭上穩穩的放著一個布包袱或者籃子。「給我們獎賞！」

他們朝兩個孩子所站的平台聚集過去，這讓茉莉和彼得害怕了起來。

「茉莉，我覺得情況好像不太妙。」彼得說。「我們走吧！這些笨蛋都覺得妖精和雪花是同一種東西，我們不可能給每個人獎賞。快爬上許願椅！」

剛才，他們一直把許願椅擺在平台上，就在他們身旁。茉莉跳上了許願椅，彼得坐在扶手上大聲喊著：「回家，許願椅，快回家！」

許願椅拍動翅膀飛了起來——但它沒有飛得太高，椅腳剛好懸在這群生氣的人的頭頂上。彼得驚訝的看著許願椅不斷前後抖動椅腳，把那些氣憤人群頭上的布包袱、鍋子和籃子全都踢了下去。彼得大笑了起來，看到許願椅表演這個把戲實在太滑稽了，但茉莉的眼裡卻滿是淚水。

「怎麼了？」彼得用手帕擦著茉莉的眼淚。

「是奇奇。」茉莉哭著說。「我好愛奇奇喔。我覺得我們再也見不到他了。」

彼得的眼中也充滿淚水了。「他是個很棒的朋友。」他說。「喔，茉莉！要是我們再也見不到他，那該是件多麼糟糕的事。」

回家路上，兩個人都很沉默。許願椅飛進了遊戲室的大門，兩個孩子跳下許願椅。

「以後的冒險都不會那麼好玩了。」茉莉說。

「為什麼呢？」一個開心的聲音問道。兩個孩子驚喜的回頭，妖精奇奇就在那裡，他正坐在地板上看書！

「奇奇！我們以為你從許願椅上掉下去之後，就永遠消失了！」茉莉大喊，然後用力抱住他。

「妳快把我折成兩段了！」奇奇說。「我剛剛完全沒有受傷呢！我把自己變成了大片雪花，掉在小黃花田野中。然後我搭上了巴士，回到花園的下面，就這麼抵達這裡啦。我已經等你們等了好幾百年了！」

「雪花！」彼得大喊。「所以每個人都跟我們說雪花！現在我終於懂了！」

他詳細告訴奇奇這次的冒險經歷。在聽到許願椅踢掉生氣的人頭上的布包袱之後，妖精也捧腹大笑。

「真希望我當時在那裡！」他說。「現在，我們來玩遊戲吧，來玩十字棋怎麼樣？」

6 夢之國

「茉莉！彼得！快來！許願椅又長出翅膀了！」奇奇從餐廳窗戶探頭進屋裡，小聲的說。兩個孩子正忙著畫畫，但他們一聽到奇奇的聲音就立刻放下手邊的事，一路蹦蹦跳跳的跑到花園的遊戲室裡。

「太棒啦！」彼得大喊。他看到許願椅的紅色翅膀正緩緩前後拍動。「大家快來。我們這次要去哪裡呢？」

「讓許願椅帶我們去它想去的地方吧。」奇奇一如往常的坐到椅背上，他說。「出發──茉莉，請容我提醒妳，別再擔心我會掉下去啦。」

「噢，我再也不會擔心這件事了！」茉莉笑著。「奇奇知道該怎麼照顧自己。」

他們升到了空中。

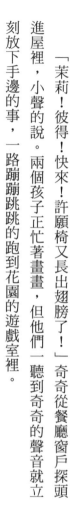

「奇奇，許願椅要去哪裡呢？」起飛不久後，茉莉問。

「我想，它應該是要去夢之國。」奇奇說。「喔！我不覺得我會喜歡那裡！那裡經常發生怪事，我們最好還是別去了。」

「喔，我們去嘛！」彼得說。「我們一定會沒事的。」

許願椅向下飛到了夢之國，降落在一間小小的甜點店外面。彼得把手伸進口袋裡，找到了一便士。「我要買一些太妃糖！」他大喊。

彼得走進店裡，看到店裡頭有一隻年老的大綿羊正坐著織毛線。他驚訝的盯著牠片刻，接著買了一便士的太妃糖。大綿羊把一些太妃糖裝在袋子裡給他，彼得接過袋子便跑出去了。他打開袋子，把太妃糖分給大家吃。

但是，當大家想要多拿幾顆太妃糖來吃時，袋子裡竟然裝滿了綠豆！多麼古怪啊！

「我說過了，這裡會發生怪事。」奇奇說。「走吧。我們必須帶著許願椅一起走，以免它跑掉或是發生什麼事。」他轉過身搬許願椅，接著發出一聲驚呼！

許願椅變成了一隻小狗，紅色翅膀變成了小狗脖子上的紅色緞帶！

「我說啊！你們看，這下我們該怎麼辦呀！」奇奇憂心的說。他們全都盯著那隻正在猛搖尾巴的小狗。

突然，背後傳來了一個憤怒的叫聲。

「小斑！小斑！快過來！」

兩個孩子一轉身，就看到一位小丑正沿著街道跑來，不斷朝著小狗大喊。

「快！我們一定要在小丑過來之前帶著小狗跑走。」奇奇說。「牠隨時都有可能變回椅子，我們不能讓別人搶走牠。」

奇奇抱起滿臉驚訝的小狗，三個人用最快的速度沿著街道跑了起來。

「小偷，快停下！小偷，快停下！」小丑追在他們後面大叫。小丑追上了他們、抓住奇奇。接著，兩個孩子驚訝的看著小丑變成了一位高大的胖警察。

「你偷了一隻小狗，我要逮捕你們。」警察嚴厲的說。奇奇絕望的瞪著他。這時，茉莉大聲喊道：「警察先生，你在說什麼呀？我們沒有小狗啊！」

他們的確沒有小狗，因為小狗已經變成了一隻黃色的鴨子。鴨子被奇奇夾在手臂下，正不斷呱呱叫。警察用非常憂鬱的目光看著黃色鴨子，又在一轉眼間變成了一輛有著憂鬱藍色的機車，沿著街道駛離。

「我不喜歡這裡。」茉莉說。「沒有東西能保持原樣超過兩分鐘。」

「夢裡的事物就是這樣。」奇奇說。「在這裡，你不能期待接下來會變成什麼東西。你們知道我本來不想來這裡的。我說啊，誰可以幫我抓著這隻鴨子嗎？牠實在太重了。」

他把大黃鴨交給彼得，但是當彼得接過鴨子的時候，奇怪的事發生了！鴨子的嘴巴、腿和尾巴都消失了，彼得的手裡只剩下一大坨黃色的東西，這些東西正從他的手中滑落！

「唉呀！」他大喊，「這是冰的！這是冰淇淋！我沒辦法抓住冰淇淋！」

「抓好、抓好！」奇奇大叫。他和茉莉盡了最大的努力試著抓住滑溜溜的冰淇淋。但沒有用，它滑到了地板上，開始融化了！

「我們的許願椅沒了！」奇奇難過的說。「看來我們要永遠留在這裡了。許願椅一開始變成小狗，然後變成鴨子，現在又變成了冰淇淋。這次的冒險太可怕了！」

他們放棄了不斷融化的冰淇淋，繼續沿著街道走。彼得拿出那袋綠豆，仔細看了看。豆子變成了小小的氣球，隨時可以吹起來。他分了一個氣球給奇奇、一個給茉莉。他們吹起了氣球——但是，喔天啊、天啊、天啊！他們沒有把氣球吹起來，他們把自己吹起來了！是的，他們真的把自己吹起來了！彼得驚恐的看著，卻無法阻止他們。茉莉和奇奇變成了兩個大氣球，在空中緩緩搖擺，他們身上還綁著一條線呢！彼得擔心他們可能會飛走，只好把線抓在手上。

他獨自一人在街上遊蕩，覺得既迷惑又難過。一切都那麼不真實。夢之國真是個古怪的地方。兩個巨大的氣球飄在他的身後，等他轉頭觀察氣球時，他大吃一驚！

他們變得一點也不像奇奇和茉莉了，他們變成了一個綠色氣球和一個藍色氣球。就在彼得盯著氣球看時，空氣開始從氣球中漏出來！氣球迅速縮小——縮小——再縮小——很快的，他們變成了兩塊小小的彩色橡膠，掛在線上面。彼得傷心的看著這兩塊彩色橡膠。

「茉莉和奇奇只剩下

這樣了！」他難過的想。「許願椅也沒有了，只剩下我了。我的天、我的天！這場奇怪的冒險最後會變成怎麼樣呢？」

他把氣球放進口袋，繼續走著。他走到了一個寬闊的大廳，裡面好像在舉辦一場演奏會。他安靜的走進去、坐在一張椅子上。接著，他突然覺得非常非常累。他閉上雙眼，打了個呵欠。

椅子開始輕輕搖晃。彼得睜開眼睛，發現他坐的椅子變成了一隻搖搖馬。但他現在是在夢之國土，這種事再也不會讓他感到驚訝了。古怪的事一點也不讓他驚奇，要是沒有遇到古怪的事，他才會感到驚訝呢！

很快的，他就在搖搖馬上睡著了。搖搖馬升上空中、飛出大門。彼得還在沉睡，他一連睡了好幾個小時，當他終於睜開眼睛時，他嚇了一大跳！

他竟然在家裡的遊戲室、躺在窗戶旁的一張毯子上！他馬上坐起身，記起了先前發生的所有事。他難過的把手放進口袋裡，拿出了兩個氣球。

「茉莉和奇奇！」他傷心的說。

「嘿！你叫我們幹嘛？」茉莉的聲音響起。彼得又驚又喜的發現茉莉和奇奇就坐在一旁的許願椅上，兩個人都打著呵欠，才剛剛睡醒。

「喔！」他說，「我剛剛一定是在作夢！你們聽我說，我剛剛做了個有趣的夢，我去了夢之國，然後——」

「對對對！」奇奇不耐煩的說。「我們剛剛都去過那裡了。那是一場真正的冒險。我可不想再去一次了。喔——變成氣球的感覺真是糟透了！彼得，幸好你把我們都放進口袋裡了！」

「這麼說來，那是一場真實的冒險囉？」彼得驚訝的大喊。

「夢之國的冒險和以前發生過的所有冒險一樣真實。」奇奇說。「現在，不如來吃一些真正的太妃糖吧！不會變成綠豆或氣球的那種。茉莉，請妳去廚房拿一些蜜糖，我們來做太妃糖。在這場糟糕的冒險之後，我們應該要吃些點心。」

7 許願椅逃跑了！

一天早上，兩個孩子走進了遊戲室，想和妖精奇奇一起玩遊戲，但他們卻發現奇奇還在睡覺。

「起床了！」彼得一邊大喊一邊搖他。但奇奇沒有醒來，他的呼吸平緩、臉色紅潤，但他就是不起床！

「他怎麼了？」茉莉疑惑的說。

「喔，他只是在裝睡。」彼得說。「我去拿個濕海綿過來，這樣一來他很快就會醒了。」

但就連濕海綿也沒有讓他醒來。

「他一定被下了咒語或是遇到什麼事了。」茉莉嚇壞了。「彼得，我們該怎麼辦呢？要是我們知道該去哪裡求助就好了。但我們絕不能告訴任何人奇奇的事，否則等他醒來，他一定會很生氣。我們也不知道要去哪裡找小仙子，不然我們就可以向小仙子求助了！」

突然之間，許願椅發出了吱嘎聲，茉莉往許願椅一看。「它長出翅膀了！」她大叫。「彼得，別讓它飛走了！我們可不想在沒有奇奇的陪伴時，跑去冒險！」

彼得向許願椅跑去，但許願椅躲過他，敏捷的拍動著翅膀，直接飛向門口。彼得沮喪的盯著許願椅就這麼飛走了。

「喔，彼得！」茉莉說。「這真是糟透了！奇奇被下了咒語，又或者是遇到了其他狀況，現在許願椅又跑掉了！真是倒楣的一天！」

「好吧，它飛走了。」彼得憂鬱的說。「茉莉，現在我們要怎麼幫助奇奇呢？」

這時候，他們聽到了有人踮著腳尖走路的細微聲響。彼得轉過身，正好看到一個醜陋的哥布靈想要偷溜出門。

「是我對他下了沉睡咒語！」哥布靈大喊。「我本來想要在他醒來之前把許願椅偷走的，但你們出現了！現在，我要去尋找許願椅了。要是你們不能在今天午夜十二點之前把那隻妖精叫醒的話，他將會從此消失！哈哈！」

「真是個可怕的傢伙！」茉莉說。哥布靈在花園中消失了。「我覺得他會一路追著許願椅，最後把它占為己有。雖然他把陷入沉睡咒的奇奇留在這裡，但我們仍然不知道該怎麼把他叫起來。要是、要是、要是我們知道該怎麼找到小仙子來幫助我們就好了！」

「我去花園喊喊看能不能叫來小仙子。」彼得說。他走到花園裡，溫柔的到處叫喚。「小仙子！如果你在這裡的話，請來幫幫我。」

但沒有人回應他，他傷心的回到遊戲室，茉莉還坐在沉睡的妖精身邊。

「沒有用。」彼得說。「我連一個小仙子都沒有看到。我現在真的不知道該怎麼辦了！」

「要是有許願椅的話，我們就可以坐著許願椅去找小仙子來幫我們了。」茉莉說。「但現在連許願椅也不見了，只剩下我們，正好是我們最需要它幫助的時候！」

他們回到屋子裡吃飯，媽媽一直關心的盯著一臉沉重的兩個孩子。他們差一點就要告訴媽媽關於奇奇的事了，但他們不能說，因為他們曾向奇奇鄭重保證過，不會把他的事告訴任何大人。

直到他們的上床時間，奇奇都還在睡！

「天啊！他一整天都沒有吃東西！」茉莉說。「喔，彼得，你覺得，如果我們沒有叫醒他的話，他真的會在十二點消失嗎？」

「我們一定要叫醒他！」彼得說。他拿了兩個鼓和兩支小喇叭，和茉莉一起盡可能的製造出極大的噪音，直到女僕珍被派來花園阻止他們，才停下來。但是奇奇依舊睡得很沉，連動都沒有動一下。

接著，他們把水倒在奇奇的脖子上。可是，這麼做只讓他變得濕答答的，奇奇連眼睫毛都沒有動一下！然後，他們又找來了一根母雞的羽毛、點燃之後放在妖精的鼻子底下，但是，就連這麼強烈的氣味也沒有用，奇奇連翻個身都沒有。他平靜的繼續沉睡著。

遠方響起了鈴聲。

「喔，天啊！是提醒我們該去睡覺的鈴聲！」茉莉沮喪的說。「彼得，我們晚一點再想辦法回來遊戲室吧。我們一定能找到辦法解決這件事的！」

「我們什麼方法都試過了。」彼得看起來非常傷心。他們先幫奇奇蓋好被子，接著回到臥室睡覺。一個小時之後，他們又回來了，身上還穿著睡袍。他們偷偷從床上溜了下來、打開花園的門，跑進了遊戲室，沒有任何人看到他們。

奇奇依舊睡得很熟。茉莉看了一眼時鐘。「已經八點半了。」她說。「喔，我的天！」

他們想出了更多方法想要叫醒睡著的妖精，茉莉把泡了冰水的海綿放在他的頭上，然後又試了熱水，但是這兩個方法都毫無用處。時鐘的指針轉了一圈又一圈，最後，還差十分鐘就要到午夜十二點了。兩個孩子都陷入了絕望之中。

突然，他們聽到了奇怪的叩門聲，聽起來就像是有人在踢門。彼得跑到門邊，是許願椅在門外！外面正在下雨，整張椅子都濕透了。它發現門被關了起來，所以只好用其中一隻椅腳來踢門。許願椅上坐著一位表情愉快的地精，他蓄著銀色的鬍子，臉上長了一個巨大的鼻子、帶著兩副眼鏡，手上還抓著一把大傘遮雨。

「你是誰？」彼得驚訝的問。

「喔，你別用這些問題煩他！」茉莉緊張的說。「他一定是小仙子或是類似的生物。說不定他是來治好奇奇的。」

「你說得沒錯。」地精一邊說，一邊戴上第三副眼鏡。「許願椅知道我住在哪裡，它飛了一百三十三英里來找我。我正好趕上了。」

「距離十二點只剩下七分鐘了。」茉莉說。「請你動作快點！」

矮小的地精醫師捲起袖子，從空中拿出了一條毛巾和一塊肥皂，小心翼翼的擦了擦奇奇的臉。接著，他又從空中拿出了一支孔雀羽毛，刷了刷妖精的耳朵，再把味道奇特的黃色軟膏塗在上面。

「請你快一點！」茱莉說。「快要十二點了。時鐘快要響了！」

「接下來的步驟用不到一分鐘。」地精醫師說。他從空中拿出一顆黑色的球，他把球打開，並且把藍色的粉末放進去，點燃一根火柴，用火燒那顆黑球。巨大的爆炸聲瞬間響徹了遊戲室，整個遊戲室都晃動了一下，房間裡都是煙。這股煙聞起來讓人覺得很舒服。煙霧散掉之後，兩個孩子開心的看到奇奇正坐起身，表情看起來十分驚訝。

「是誰弄出了那個可怕的聲音？」他不高興的說。「你好啊，醫師！你怎麼來了？」

「我要走了，再見！」小地精笑了笑。「改天見啦！」

他跳上許願椅，椅子立刻載著他再次起飛。奇奇用手指摸了摸領口，皺起眉頭。

「是誰往我身上倒水？」他問。

「喔，奇奇，你別生氣了。」茱莉懇求他。「我們都好擔心你。一個哥布靈對你下了沉睡咒語，幸好聰明的許願椅跑去把你剛剛看到的那位地精醫師載過來了。正好趕上！」

「原來如此啊！」奇奇說。「難怪我覺得好餓。我猜我已經睡了一整天了吧。你們能幫我找一些食物嗎？」

「櫥櫃裡有一些麵包和蘋果，」彼得說，他很開心能看到奇奇再次醒過來，「我們可以吃一頓大餐！」

他們的確吃了一頓大餐，一直到快要天亮雞鳴時，才上床睡覺！所以，隔天理所當然的很晚才起床。不過奇奇可沒有晚起，他一大早就精神飽滿的起床了，因為他前一天睡得太飽啦！

8 貓咪小鬍子不見了！

一天早上，空氣非常潮濕，茉莉、彼得和奇奇在遊戲室裡一起玩非常吵的搶牌遊戲。貓咪小鬍子也跟他們一起跑到遊戲室來了，牠在許願椅的椅墊上面捲成一團，睡著了。

「搶牌！搶牌！搶牌！」兩個孩子一起大叫。他們實在太專注在遊戲中了，沒人聽見小小的振翅聲。許願椅長出了翅膀，正輕柔的前後擺動。在任何人注意到之前，許願椅就靜靜上升、飛出了敞開的大門，載著還躺在上頭睡覺的小貓一起飛走了！

「搶牌！」奇奇大喊一聲，開心的把最後一疊牌拿走。「我贏啦！」

「好吧。」彼得說。他環顧遊戲室一圈，想要找下一個遊戲來玩，但他馬上就露出了驚恐的表情。

「我說啊！」他說。「許願椅去哪兒了？」

奇奇和茉莉也環顧遊戲室。茉莉的臉色變得蒼白。

「許願椅不見了！」她說。

「我們開始玩遊戲的時候，許願椅還在。」奇奇說。「它一定是趁我們不注意的時候溜走了。我記得剛剛好像有一陣風，一定是它拍動翅膀時帶來的風。」

「小鬍子也不見了！」茉莉驚慌的說。「牠本來在靠枕上睡覺。喔，奇奇！牠會回來嗎？」

「要看牠被帶去哪裡。」奇奇說。「牠是隻黑貓，妳知道的，如果牠被女巫看到了，女巫可能會把牠抓去幫忙施咒。黑貓很擅長咒語。」

茉莉哭了起來。她非常喜歡小鬍子。「喔，為什麼我們要讓小鬍子睡在許願椅上呢？」她哭著說。

「嗯，哭是沒有幫助的。」奇奇拍了拍茉莉的肩膀。「我們只能等了。說不定許願椅飛回來的時候，小鬍子還在上頭睡覺呢！」

他們等了一、兩個小時，一直讓大門敞開著，但許願椅沒有回來。兩個孩子和奇奇道別，回家去吃飯。為了避免小鬍子早早就從靠枕上跳了下來、跑到房子附近遊蕩，他們還在房子周圍找了一圈，但沒有人看到小鬍子。

吃過飯後，他們又跑回花園的遊戲室去。奇奇還在遊戲室裡，他看起來很沮喪。

「許願椅還沒回來。」他說。

但當他說完這句話的瞬間，彼得發出一聲驚呼，他抬手指著天空。許願椅就在天空中，正往遊戲室飛回來，上下拍動的紅色翅膀閃閃發光。

「快看！許願椅在那裡！喔，希望小鬍子還待在靠枕上。要是牠掉下去就糟了！」

許願椅拍著翅膀下降，飛進了敞開的大門裡、停到了老位置上，發出吱嘎聲並嘆了一口氣。兩個孩子衝到了許願椅旁邊。

貓咪不在上面！靠枕還在原本的位置，正中間有一個小鬍子躺出來的凹痕，但除此之外，沒有別的東西了。

三個人沮喪的看了彼此一眼。

「小鬍子被女巫抓走了。」奇奇說。「我很確定。你們看這個！」

他撿起座椅上的一顆銀色小星星。「這顆小星星一定是從女巫的刺繡斗篷上掉下來的。」

「可憐的小鬍子！」茉莉哭著說。「我真希望牠能回來。喔，奇奇，我們該怎麼辦？」

「這個嘛，我們最好先查出牠去了哪裡。」奇奇說。「然後等許願椅長出翅膀的時候，我們就可以把牠救回來了。」

「我們怎麼知道牠去了哪裡呢？」茉莉擦乾眼淚問道。

「我必須施個咒語，才能找到牠去了哪裡。」奇奇說。「我必須找幾個妖精來幫我。茉莉、彼得，請你們坐到沙發上，在我施好咒語之前都不要說話。要是打擾了我們施咒語，其他妖精就不會想要幫我了。他們在這種地方會非常害羞的。」

茉莉和彼得乖乖照著他說的做，興奮的坐在沙發上。奇奇走到敞開的門口，輕輕拍手三下，接著用力拍手七下。他吹了一段口哨，聽起來像黑鳥的叫聲，然後大聲唸了一句咒語，聽起來像是：「盧瑪、盧瑪、盧瑪、盧盧。」

大概一、兩分鐘之後，四隻妖精出現在門口，他們比妖精奇奇還要矮小一些。當他們看到兩個孩子時，便立刻停下腳步，但奇奇告訴他們，這兩個孩子是他的朋友。

「他們不會干擾我們的。」他說。「我想要施咒語找出這張許願椅剛剛去過什麼地方。你們能幫我嗎？」

這群妖精就像燕子一樣吱吱喳喳了一陣，接著點了點頭。奇奇坐在許願椅上，手上拿著他向茉莉借來的一面鏡子。四隻小妖精手拉著手，繞著許願椅開始跳舞，一開始朝著一個方向轉，接著又換了方向，他們吟誦著一首充滿魔法的歌，音調越來越高、節奏越來越快，他們跳舞的節奏也跟著一起加快。

奇奇專注的看著鏡子，兩個孩子坐在一旁觀察，他們想知道奇奇在鏡子裡看到了什麼。

突然，四隻跳舞的妖精停下歌聲，一起倒在地板上，一邊喘氣一邊大喊：「奇奇，快看鏡子，告訴我們你看到了什麼！」

奇奇緊盯著鏡子，接著發出一聲驚呼。

「我看到牠了！是女巫卡哩卡哩！她把小鬍子抓走了。小鬍子就在這裡，正在幫她煮晚餐呢！」

兩個孩子從沙發上跳了起來，衝過去看奇奇手上的鏡子。鏡子裡的畫

面讓他們很驚訝，鏡子上看到的不是自己的臉，而是他們的貓咪小鬍子正在大爐子前攪拌湯鍋的畫面。牠身後面有一位老女巫，身上穿著一件黑色的披風，上面綴著銀色的星星和月亮！

「你們看！」奇奇伸手指了指。「她就是女巫卡哩卡哩。我知道她住在哪裡。今天晚上，我們就可以去拯救小鬍子了，就算我們用走的也要走過去！」

四隻小妖精嘰嘰喳喳的道別，接著就跑走了。鏡子裡的畫面逐漸消失。兩個孩子和妖精奇奇彼此對看了一眼。

「這個咒語真是太神奇了！」茉莉說。「喔，奇奇，咒語真好玩，我們今天晚上就可以去救小鬍子了嗎？」

「沒錯。」奇奇說。「今天午夜的時候，穿好衣服來這裡找我。如果許願椅長出了翅膀，我們就坐上去；如果它沒有長翅膀，我們就搭地下火車去女巫家。」

「哇！」茉莉說。「又是一場冒險！」

9 女巫卡哩卡哩

兩個孩子在上床睡覺之後，又重新爬起來穿好衣服。茱莉有一個小鬧鐘，她把時間設定在十一點四十五分。鬧鐘響時，他們就起床、準時出發去冒險。奇奇已經在遊戲室裡等著他們了。

「我們不能坐許願椅過去。」他說。「它還沒有長出翅膀。我想它應該睡著了，現在正在小聲打呼呢！」

「太好玩了！」茱莉說。「喔，奇奇，我覺得好刺激啊！」

「走吧。」妖精說。「我們要準時搭到地下火車，不能再浪費時間了。」

他帶著兩個孩子走到花園後方的一棵大樹前。他轉了轉一塊樹幹，一扇門滑了開來，樹幹裡面有一個向下延伸的狹小樓梯。茱莉和彼得看到樓梯時，驚訝極了。

「下樓梯吧。」奇奇告訴他們。「我會跟在你們後面，因為我要把門關上。」

他們走下樓梯，面前是一條小小的通道。奇奇趕上他們，三個人沿著通道一起走，最後來到了一個寬大的驗票口前面，一隻嚴肅的灰兔子坐在那裡，手上拿著一大疊車票。

「我們要買去卡哩卡哩站的票。」奇奇說。兔子拿出三張黃色的車票給他們，讓他們通過驗票口。

前面有一個小小的月台，月台下有一條長長的鐵軌。火車立刻就從黑暗中出現在他們面前，它的燈像是一雙眼睛般閃爍著。火車沒有封閉式的載客車廂，只有堆了一些靠枕的開放式貨櫃。火車裡面很擁擠，兩個孩子和奇奇幾乎找不到位置坐。

火車上坐著地精、棕精靈、兔子、鼴鼠、精靈和刺蝟，他們都在談天說笑。兩隻刺蝟獨占了一節車廂，因為牠們身上的刺太尖了，沒有人想跟牠們一起坐。

火車發出噹！噹！的聲音出發了，它沿途停靠各站，最後在一個寫著

「卡哩卡哩站」的地方停了下來。

奇奇和兩個孩子一起下了火車。

「卡哩卡哩是個非常有錢、非常厲害的女巫，所以她擁有一個屬於自己的車站。」奇奇解釋。「孩子們，現在聽好啦！我的計畫是這樣的。直接叫女巫把我們的貓咪小鬍子還回來是不可能的，她不可能讓我們把小鬍子帶回去。用魔法對抗她也是不可能的，因為女巫的魔法比我的魔法要強大太多了。我們只能用計把小鬍子騙回來。」

「什麼計畫？」兩個孩子問。

「我們要偷偷溜進她的小花園裡，」奇奇說，「然後開始輕輕抓牆壁，像老鼠一樣。同時，我們還要學老鼠的叫聲。女巫聽到之後，就會把小鬍子丟出來抓老鼠了。等到我們抱回小鬍子之後，就跑回車站搭下一班火車回家！」

「這個計畫真是太棒了！」彼得說。「而且也很簡單，不可能出錯！」

「噓！」奇奇指著遠處的一棟大房子。「那就是卡哩卡哩的房子。」

他們已經走出車站好一段距離，再次回到地面上了。月光皎潔明亮，他們能清楚看見面前的路和周遭的一切事物。

他們從女巫家的小門溜了進去。

「你們去房子的那頭，我到另一頭。」奇奇說。

彼得和茱莉偷偷溜到了房子的另一頭，開始用一些小樹枝刮牆壁，而奇奇也在另一邊做同樣的事。他們盡可能發出最高音調的吱吱聲，就跟老鼠一模一樣。

接著，他們聽到窗戶被拉開的聲音，屋內的燈光映照出了女巫頭部的輪廓。

「又是老鼠！」她咕噥道。「來，小鬍子，過來！去抓牠們、去抓牠們！」

小鬍子從窗戶往下跳進了花園裡。女巫把窗戶用力關上、拉下了百葉窗。茱莉馬上衝到大黑貓身旁，一把將牠抱進懷裡。小鬍子馬上就發出了呼嚕聲，用牠柔軟的頭蹭了蹭茱莉的手。奇奇和彼得都開心的走了過來。

「我們完美的執行了這個計畫！」彼得說。「走吧，我們一起回車站去！」

接著，最不幸的事發生了！彼得踢到一叢灌木，整個人跌倒在小路上，發出了響亮的撞擊聲。窗戶飛也似的再次被往上拉開，女巫卡哩卡哩向外面看了一眼。她大聲喊出了一個奇妙的咒語，接著又再次把窗戶重重關上。

「我的天啊、我的天啊、我的天啊！」奇奇馬上呻吟了起來。

「怎麼了？」茉莉害怕的問。

「她對花園下了一個咒語。」妖精解釋道。「我們出不去了！明天早上她就會發現我們在這裡！」

「出不去？」彼得往花園的入口走去。「真是胡說八道！不管怎樣，我

都要離開這裡！」

但是，儘管他打開了門，卻走不出去，好像花園周圍有一堵隱形的牆。兩個孩子不管從哪邊都出不去，他們試著從樹籬爬出去，但那堵隱形的牆好像就在樹籬後面，根本沒有任何方法可以出去。

「我們到底該怎麼辦呢？」茉莉問。

「沒有辦法了。」奇奇憂愁的說。「彼得剛剛居然跌倒了，真是太傻了，我們明明已經好好完成每一個步驟了。」

「我真的很抱歉。」可憐的彼得說。「真希望我剛才沒有跌倒。我不是故意的。」

「好吧，我們最好去坐在門廊那邊。」奇奇發著抖說。「那裡溫暖多了。」

他們緊挨著彼此坐在門廊前，茉莉把小鬍子抱在膝上，她說小鬍子是個很棒的暖爐。

他們累壞了，正當他們開始點頭打瞌睡時，小鬍子突然咧嘴發出嘶嘶的吼聲。兩個孩子和奇奇都被嚇醒了，他們看到有個東西正繞著花園飛，看起來像是一隻大黑鳥！茉莉緊盯著那隻鳥，接著猛力跳了起來，用最大聲的氣音說：「那不是鳥！那是我們親愛的老朋友許願椅！它來找我們了！」

奇奇愉快的輕輕笑了起來。他跑向許願椅，一把抓住它。

「快來！」他對其他人說。「想要離開這個被施過魔法的花園只有一個辦法，那就是飛到很高很高的地方。我們沒辦法用其他方法離開，我們在這時候正需要許願椅！」

他們全都坐上了許願椅，小鬍子也趴在茉莉的膝上。許願椅拍動翅膀，向上升起，飛到了接近雲的高度！

「明天早上，老卡哩卡哩會發現她的花園裡一個人也沒有，連小鬍子也不見了，不知道她會有什麼反應。」奇奇竊笑著說。「她一定會以為自己是在作夢！真希望我能看看她那時的表情。」

許願椅飛進了遊戲室。兩個孩子向奇奇道了晚安，茉莉抱著小鬍子，和彼得一起走回家。他們回到床上後很快就睡著了。至於小鬍子，你大可以放心，牠再也不敢跳到許願椅上睡覺了！

10 消失島

有一次，兩個孩子和奇奇經歷了一趟非常不愉快的冒險，這全都是茉莉的錯。

在一個天氣晴朗的早晨，許願椅長出了翅膀，當時他們正打算要玩海盜遊戲時，茉莉看到椅腳上長出了紅色翅膀，立刻開心的大喊起來。

「快看！許願椅又要飛走了！我們快坐上去，開始冒險吧！」

他們全都擠到了許願椅上，許願椅片刻間就穿越門口、飛上了天空。那天太陽高掛，萬里無雲，兩個孩子在許願椅上可以看到好幾英里以外的景色，真是有趣極了。

許願椅飛呀飛，飛到了滿是城堡和高塔的仙子國度。建築物在陽光下閃耀著光芒，彼得想要下去拜訪他們曾救過的王子和公主，但許願椅繼續往前飛。它飛越了地精國度、飛越了毒蘑菇國度，最後飛到了一片蔚藍的海洋上。

「看啊，看啊！」奇奇坐在許願椅上看向遠方。「我從來沒有到過這麼遙遠的地方。我不知道該不該飛過這片海，許願椅可能中途就累了，然後我們就必須面臨掉進海裡的命運。」

「才不會呢！」茉莉指著遠處地平線上的一座藍色島嶼。「我覺得許願椅要去的地方應該是那塊陸地。」

許願椅平穩的往島嶼飛去，當他們靠近後，兩個孩子才看清楚，剛剛從遠處看到的陸地其實是個美麗的小島。小島上長滿了鮮花，田野與山丘上隱約傳來鐘聲。

「我們絕對不能去那裡。」奇奇突然說。「那是消失島！」

「是嗎？為什麼我們不能去那裡？」茉莉說。

「因為它會突然消失。」奇奇說。「我曾聽過這個地方。這裡可怕極了。你在踏上小島的時候覺得這裡美到了極點，然後小島就這麼突然消失了，它消失時會把我們一起帶走。」

「這個小島才不會那麼恐怖。」茉莉渴望的向下看著充滿陽光、滿地都是鮮花的小島。「喔，奇奇，你一定弄錯了。這是我看過最漂亮的一座島了！我真的很想下去看看。那裡還有幾隻可愛的鳥呢，我都可以聽到牠們在唱歌了。」

「茉莉，我告訴妳，登上消失島是一件非常危險的事。」奇奇氣憤的說。「妳最好相信我說的話。」

「你又不是每次都是對的！」茉莉頑固的說。「我就是想要去那裡！許願椅，飛去下面那個可愛的小島上。」

許願椅立刻往下飛。奇奇瞪著茉莉，但沒有再開口。他沒辦法收回茉莉許下的願望。他們就這麼往下飛、往下飛、往下飛！

美麗的小島離他們越來越近、越來越近。茉莉開心的驚呼起來，她看到了色彩明亮的花朵、羽毛鮮艷的小鳥和毛茸茸的胖兔子。許願椅輕輕向花朵和小動物們飛去。

他們即將降落在一片開滿美麗小黃花的田野上了，到處都是眼神柔和的小兔子和正在歌唱的小鳥，但就在這個時候，一件古怪的事發生了。

小島消失了！上一刻，小島還在這裡，陽光還照耀在田野上；下一刻，這裡就只剩下暗藍色的霧氣。許願椅穿越了霧氣，然後嘩啦一聲！他們全都掉進海裡了！

茉莉和彼得摔進了水裡。奇奇牢牢抓著椅背，伸出手去拉兩個孩子。他們吃力的爬上許願椅。如今，許願椅正隨著海浪上下漂浮，整張椅子都濕透了。

「我不是早就告訴妳了嗎？」奇奇生氣的說。「我不是說過那是消失島了嗎？妳看看，現在可好！小島不見了、消失了，我們則掉進了海裡！我們被困住了，就像是被困在罐子裡的醃黃瓜一樣，全身濕透、冷得要命！就跟害我們陷入這種困境的女孩一樣！」

茉莉的臉漲得通紅。真希望她當初沒有一心想要降落在消失島上。

「我不知道它會這樣突然的消失。」她說。「我真的很抱歉。」

「說抱歉是沒有用的。」彼得憂慮的擰了擰衣服，把水擰出來。「我們要怎麼回到陸地上呢？放眼望出去，周圍好幾英里都是水！許願椅的翅膀濕了，它沒辦法飛。」

他們這次真的陷入很糟糕的困境中。幸好許願椅是木頭做的，否則就沒有任何東西能讓他們飄在海上了。

他們就這樣上上下下漂浮了一段時間，不斷思考著該怎麼辦。這時，

他們驚訝的發現，有一張小小的臉龐從海面上冒了出來。

「你們好！」他說。

「你們需要幫忙嗎？」

「需要。」奇奇說。

「你是人魚嗎？」

「正是！」小人魚說。

兩個孩子低頭看著他，透過綠色的海水，他們看到他腰部以下的形狀就像一條魚，上面佈滿了鱗片，最末端是銀色的尾鰭。「你們需要有人把你們拖回陸地上嗎？」

「需要，拜託你了。」奇奇開心的說。

「回陸地的價格是一片金子。」人魚說。

「我現在身上沒有帶金子，但我會在到家之後馬上把金子寄給你。」

奇奇向他立下承諾。人魚很快就游走了，當他再次回來時，他騎在一隻大魚身上。他往椅背丟出一根用海草做成的繩子，大聲的告訴奇奇抓好繩子。接著，大魚用很快的速度游了起來，安全的拖著許願椅和上面的奇奇以及兩個孩子。一路上，人魚都騎在大魚的背上，唱著又短又可愛的水之歌。這趟航程真是奇妙極了！

很快的，他們就抵達了陸地，兩個孩子把許願椅從海中拖上了滾燙的沙灘。「謝謝你。」他們對人魚說。「我們會盡快把錢寄給你的。」

人魚再次跳到大魚身上，向他們揮了揮濕漉漉的手，然後嘩啦一聲潛進水中。

「等太陽把許願椅的翅膀曬乾、我們的衣服也曬乾，」奇奇說，「我們就可以回家了。我覺得今天的冒險是最令人不愉快的一場冒險了。我們很有可能會在海上漂浮好幾天呢！」

茉莉一句話都沒說，她知道這全都是她的錯。他們把衣服曬乾之後，許願椅的翅膀很快也乾了。他們坐上許願椅，奇奇大喊：「回家，許願椅，回家！」

他們飛回家。當他們抵達遊戲室後，茉莉立刻跳下許願椅，跑去拿她的存錢筒。她把全部的錢都倒出來。

「奇奇，這些給你。」她說。「人魚的錢由我來付。這都是我的錯。我真的很抱歉，我再也不會那麼傻了。請你們原諒我！」

「噢！茉莉，妳真是個乖小孩！」奇奇給了茉莉一個擁抱。「我們當然會原諒妳呀！這場冒險的結果是大家都平安無事。我們已經安全回到家了！」

奇奇把茉莉的錢換成一大片金子，他把金子交給花園裡的黑鳥，請黑鳥把錢送去給人魚。

「這場冒險就此結束！」奇奇說。「好了，希望我們的下一場冒險會比這次有趣！」

11 魔術師的派對

一天下午，兩個孩子和奇奇正在讀故事書，這時門口突然傳來了一陣遲疑的敲門聲。

「請進！」茉莉說。門打開了之後，兩個小精靈走了進來。

「請問我們可以和奇奇說話嗎？」他們問。奇奇擺擺手要他們坐到椅子上。

「請坐。」他說。「你們找我有什麼事呢？」

「請問我們可以向你借許願椅，去參加大方魔術師的派對嗎？拜託。」個子大一點的精靈說。

「這個嘛，許願椅並不是我的。」奇奇說。「是這兩個孩子的。」

「請問你們可以借我們許願椅嗎？」小精靈問。

「當然可以。」茉莉和彼得回答。

「你們想要什麼報酬呢？」精靈問。

「喔，你可以直接借走許願椅，不用報酬。」茉莉說。「只要把許願椅安全送回來就可以了。」

「不知道你們想不想一起去參加派對？」精靈說。「我們精靈的體型都很小，只有五個人要去。許願椅還有很多空間，你們兩個和奇奇也坐得下。」

「我的天啊，這樣的回報真是太棒了！」奇奇高興的大喊。「願意，我們全都願意！真是太謝謝你們了！大方魔術師的派對非常出色！老天，真是太好運了！精靈，派對什麼時候開始呢？」

「明天晚上。」精靈說。「午夜十二點準時開始。我們會在十一點半到達這裡。」

「知道了。」奇奇說。小精靈向他們道別後，便跑出了房間。奇奇搓了搓雙手，開心的看向兩個孩子。

「大方魔術師非常厲害。」他說。「他是位很好心的魔術師，他知道的魔法與魔術都棒極了。希望他會在派對上表演一些把戲！明天你們要穿上最好的衣服，在晚上十一點半到這裡集合！」

兩個孩子都非常期待。那天一整天還有隔天一整天，他們都在討論這件事。

隔天晚上十一點半，他們穿上了最好的衣服，跑到了遊戲室。奇奇已經在那裡了，他身上穿的西裝看起來像是月光做的，上面縫了好多珍珠，看上去十分高貴。

五位精靈也在那裡等他們，他們的衣著優雅，全都是用花瓣做布、蜘蛛

絲做線縫製而成的。就連許願椅都顯得漂亮許多，奇奇在兩邊的扶手各繫了一個大蝴蝶結！它的紅色翅膀正和緩的拍動著。

兩個孩子一起坐上許願椅，奇奇坐在椅背上。五隻小精靈輕而易舉的坐上了兩邊的扶手。

他們出發了！許願椅在月光的照耀下往一場盛大又美妙的派對飛去！

魔術師的宮殿位於一座高高小山的頂端。許願椅飛行沒有多久，他們就到了。許願椅拍著翅膀降落，排在長長的車隊後方，等著前方的車輛一個接著一個，在巨大的前門放下乘客。輪到他們的時候，兩個孩子和精靈全都從許願椅上跳下來，跑上了台階。他們走進了富麗堂皇的大廳，一一和大方魔術師握手。大方魔術師是個又高又帥的巫師，當他行走的時候，身後的斗篷泛起漣漪，看起來像是用藍色的水做成的。他的眼神親切，好像能看穿每一個人。

大廳裡有樂團在表演，奇奇邀請茉莉一起隨著音樂起舞。彼得邀請一位害羞的小仙子一起跳舞，但小仙子實在太亮了，彼得不太確定她是不是真的存在！

那裡有上千位不同種類的精怪——地精、哥布靈、棕精靈、小仙子、精靈、妖精，但只有兩個小孩，這讓茉莉和彼得覺得很自豪。

接著到了用餐時間。用餐的方式奇特極了，他們一起坐到一張很長、很長的桌前，上面擺滿了杯盤和碟子，但半點食物也沒有，甚至沒有黃色果凍。

魔術師在桌子最末端的位置坐了下來。

「請你們許願告訴我，你們最想吃什麼。」他用親切而低沉的聲音說。「請一個一個輪流說！」

魔術師身旁的棕精靈說：「我希望能有一杯蜂蜜檸檬汁和糖霜餅乾！」

一杯黃澄澄的檸檬汁還有一盤美味的糖霜餅乾立刻出現在他面前！棕精靈隔壁的小仙子許願說想要吃巧克力奶凍和冰淇淋。她還沒說完這兩道甜點的名字，甜點就出現在她面前了。看著這些食物變出來真是好玩極了。

茉莉和彼得驚奇的看著桌上的杯盤逐漸放滿各種小精靈想吃的食物，接著，終於輪到了他們！

「我希望能有奶霜麵包和薑汁汽水！」茉莉說。

「我希望能有糖漿布丁蛋糕和檸檬汁！」彼得說。

茉莉的面前出現了一盤奶霜麵包和一瓶冒著泡泡的薑汁汽水，彼得面前則出現了一盤熱騰騰的糖漿布丁蛋糕和一杯檸檬汁，就像在作夢一樣！

每個人都歡樂的吃吃喝喝。用餐過後，魔術師唸了一個奇妙的字眼，接著好長、好長的桌子和上面的杯盤全都消失在空氣中！

「現在，讓我們來看一些魔術吧！」大方魔術師對著無比期待的客人們微笑著說。

他們全都席地而坐。魔術師拿出了一支銀色的魔杖，點了地板三下。一股綠色的煙霧冒了出來，發出輕微的劈啪聲。煙霧飛上空中，在客人之間來回穿梭，每個人的身邊都留下了一束束香味迷人的花朵，讓每個人放進扣眼中！

接著煙霧消失了。魔術師再次用魔杖輕輕點了點地面，五隻黑貓冒了出來，其中四隻黑貓拿著小提琴，最後一隻則拿著一面鼓。接著又冒出了六隻毛茸茸的兔子，隨著黑貓演奏的音樂跳起舞來。其中一隻兔子倒轉過來，開始用耳朵跳舞，彼得笑到眼淚都流了出來，不得不拿出手帕擦淚水。

接著，更奇怪的事發生了。魔術師又一次點了點地面，這次出現一朵巨大的黃花。花朵綻放之後，人們發現花朵中間有五顆紅色的蛋。五顆蛋裂開之後，跑出了五隻小雞。牠們不斷長大、長大、長大、長成了拖著長長尾巴的美麗大鳥。牠們張開尖尖的鳥嘴，唱起了甜美的歌，所有人都安靜了下來，只有歌聲在大廳裡飄揚。

五隻鳥飛走了、花朵凋謝了。魔術師最後一次點了點地板。一隻地精冒了出來，他的長鬍子像是一團霧氣在他身邊漂動。他拿出了上面蓋著罩子的大碟子給大方魔術師。魔術師揭開蓋子，拿出一支銀湯匙。他用湯匙攪動空氣，空氣發出了泡泡聲。湯匙周圍逐漸浮現出一個玻璃碗。兩個孩子可以看到湯匙在玻璃碗中閃閃發光。但突然之間，湯匙變成了金色的，然後開始游動起來——是一隻活生生的金魚。

大方魔術師靈巧的抓住金魚、拋向空中。金魚不見了。

「金魚在誰那裡呢？」大方魔術師問。每個人在四處找了找，但沒有人找到金魚。大方魔術師笑了起來，接著走向茉莉。他把手伸向茉莉的右邊耳朵，拉出了一條金魚！然後他又拉起彼得的手、打開他的手心。你相信嗎？彼得手上竟然有一隻黃色的小鳥，正開心的吱吱喳喳叫！

喔，大方魔術師的魔術實在太出色了，你絕不敢相信他能變出什麼！彼得和茉莉在途中揉了眼睛好多次，他們都覺得自己像是在作夢。

最後一個魔術是最棒的。魔術師對客人們道晚安時，給了每個人一顆好小、好小的蛋。

「蛋會在明天孵化。」他說。「請好好保護它！」兩個孩子向他道謝，非常謝謝他帶來了這個迷人的夜晚。在回去的路上，兩個孩子、奇奇與精靈一起在許願椅上睡著了。他們不知道自己是怎麼回家的，想必是魔法趁著他們睡著的時候把他們帶回家、幫他們換衣服，又讓他們躺上床的。第二天早上醒來時，他們發現自己躺在床上，但根本不記得自己是怎麼回到房間的。

「我想，那一定是一場美麗的夢。」茉莉說。

「那不是夢！」彼得說。他把手伸到枕頭下，拿出了那顆小小的蛋。就在他觀察那顆蛋的時候，蛋破了。他的手上出現了一塊小小的銀錶，指針正歡快的轉動著！

茉莉開心的尖叫了一聲，也把手伸到枕頭下拿出她的蛋。蛋在她的手中孵化了，裡面是一條串珠項鍊，看起來就像是泡泡做成的！這是茉莉看過最可愛的一條項鍊了。

「快點換好衣服，我們去看看奇奇拿到了什麼。」茉莉說。他們的動作很快，當他們看到奇奇時，奇奇把禮物展示給他們看。是金色的鞋釦，看起來高貴極了！

「這是我參加過的所有派對裡，最可愛的一個！」茉莉快樂的說。

「真希望許願椅帶我們去的每場冒險都和這場派對一樣！」

12 愚蠢的許願椅！

有一次，許願椅做了一件愚蠢的事，差點讓兩個孩子與奇奇落入可怕的困境裡！

一天早上，當兩個孩子在玩爬梯蛇遊戲的時候，許願椅長出了翅膀。奇奇看到正在拍動的紅色翅膀時，立刻興奮的跳上許願椅。

「快來！」他大喊。「我好期待下一場冒險啊！」

他們全都跳上許願椅。椅子很快飛出大門，接著升上空中。

那天的天氣晴朗，兩個孩子和奇奇可以在許願椅上看到好幾英里遠的地方。這天，許願椅的行動似乎很遲鈍，在飛行的時候不斷前後搖擺，甚至還抖動了一、兩次。

「我說啊！」奇奇說。「我覺得狀況不太妙。孩子們，抓緊了，以免許願椅等一下上下顛倒，或者做出什麼更愚蠢的事。它現在的狀態很危險。」

「我們是不是應該回家呢？」茉莉警惕的問。

「當然不！」彼得說。「我們永遠不會放棄冒險！」

因此，他們繼續往前，許願椅則繼續亂動。最後，奇奇真的嚇到了，因為彼得差點就掉下去了。

「許願椅！立刻降落到地上去！」他命令道。許願椅似乎很生氣，它不想要下去，但是它只能聽從奇奇的命令。所以它一邊下降，一邊不時抖動一番，好像真的想要把孩子們摔下去一樣。

彼得向下看了看他們要降落的地方。下面是一個村莊，他們似乎正朝著一間房子的屋頂下降。

「希望許願椅不會降落在屋頂上，」彼得說，「它看起來似乎想這麼做。」

但許願椅做的事比降落在屋頂上還要糟糕，你猜猜它做了什麼好事？它想要鑽進房子的紅色大煙囪裡！許願椅這次的行為真的很愚蠢！

當然了！它不可能鑽進煙囪的，因為它很快就卡住了，三隻椅腳在煙囪裡，一隻椅腳在煙囪外，就這麼歪歪斜斜的卡住了，而坐在許願椅上的兩個孩子，渾身都是煤屑和煙灰。

奇奇首先從許願椅上爬下來，接著，他幫忙彼得和茉莉爬下來。

他們坐在屋頂上、靠著熱騰騰的煙囪，煙囪還不斷的往外冒煙。

奇奇覺得很生氣。

「我從來沒想過許願

椅會這麼愚蠢！」他說。「它從以前到現在都表現得很理智，但看看它現在做了什麼好事！它把自己卡在別人家的煙囪裡，天知道我們要怎麼把它弄出來！我們也被困在一座不知名村莊的屋頂上了！」

「真是太糟糕了。」茉莉說。「你們看看我的洋裝，上面都是煤屑。」

「我們應該試著大聲求救，看看有沒有人能幫我們爬下屋頂。」彼得說。他們大聲喊了起來。

「喂、喂、喂！救命！喂、喂、喂！」

很快的，一隻地精聽到了他們的喊叫聲，跑出來看是怎麼一回事。當他看到屋頂上的三個人還有煙囪裡的許願椅時，驚訝極了！他大聲叫朋友們過來，很快的，整個村莊的人都跑到這裡盯著屋頂瞧。

「請你們拿梯子過來，幫我們爬下去！」彼得喊道。「許願椅把我們載到這裡，所以我們才會被困住！」

沒過幾分鐘，下頭的人就拿了一把長梯子來，兩個孩子和奇奇小心翼翼的踩著梯子爬到地面。奇奇向村莊裡的人解釋整個狀況，村民都覺得非常驚奇。

「現在的問題是，」彼得說，「我們要怎麼把許願椅弄出來呢？我們不能讓它下半輩子都待在那裡，一直讓煙囪加熱它呀！誰能想到它會做出這麼愚蠢的事呢？」

「它想要掙脫呢！」茱莉突然說。「你們看，它在動！」

它的確在動。這個場面看起來有趣極了。許願椅努力想要掙脫煙囪，但實在卡得太緊了。

「沒有用的。」彼得沮喪的說。「它只能待在那裡了。我不知道有什麼辦法能把它弄下來。」

「當然有辦法！」奇奇說。「我們可以找村莊裡的煙囪工人，請他把長長的刷子伸進煙囪裡，然後這個愚蠢的椅子就可以從煙囪裡被掃出去了！一旦許願椅回到地面，我們就可以坐上許願椅，在它還來不及做出其他蠢事情之前立刻回家！」

「我去找煙囪工人！」一個臉圓圓的地精立刻說。「他就住在我家隔壁。」

他跑走了，幾分鐘後他帶著矮小的煙囪工人跑了回來。煙囪工人的皮膚黝黑，他帶來了各種不同的打掃用具，然後訝異的盯著卡在煙囪裡的許願椅。

「請問，你可以幫我們把椅子推出來嗎？」奇奇緊張的問。

「我試試。」煙囪工人說。他走進房子裡，把一個又大又圓的刷子卡在第一根竿子上。他把刷子和竿子都推進煙囪裡，接著他又把另一根竿子卡在第一根竿子上，把第二根竿子推進煙囪裡。他不斷重複這個動作，直到刷子幾乎抵達煙囪頂端。接著，他把最後一根竿子卡上去，準備用力一推。

奇奇、茉莉和彼得都在房子外面盯著煙囪裡的許願椅。村莊裡的所有地精都站在他們身邊，每個人都覺得這件事情很刺激。

許願椅突然震動了一下！

「煙囪工人在推它了！」奇奇興奮的一邊大喊一邊手舞足蹈。「喔，快看！他推得好大力，許願椅要被推出來了！許願椅就要被推出來了！」

許願椅真的被推出來了。煙囪工人用圓圓的刷子推了又推，許願椅震了又震，椅腳越來越鬆動。突然之間，它從煙囪裡向上一衝，掙脫了！煙囪工人的刷子也從煙囪裡戳了出來，在空中滑稽的左搖右晃。

「它出來了、它出來了！」茉莉大喊。「喂，許願椅，快下來這裡！」

但調皮的許願椅拍了拍紅色翅膀，往天空中飛去了！它沒有降落到地上，這讓兩個孩子覺得很失望。

「喔，我說啊！」奇奇說。「它今天真是太壞了！」

他們一起看著許願椅飛得越來越遠，直到看不見為止。它飛走了！

「好吧，」茉莉說，「我們只能想別的辦法回家了，就這樣。我想我們已經失去許願椅了。」

「我們可以搭五分鐘後的公車離開這裡。」奇奇看著旁邊牆上的公車班表說。「搭公車回家不會花太久的時間。」

「許願椅的事讓我覺得很遺憾。」彼得難過的說。「你們知道的，它曾經帶給我們那麼多那麼棒的冒險。它今天表現得很壞，這是事實，但是也有幾次它表現得很好，例如說它去卡哩卡哩女巫那裡接我們的那次。」

「沒錯，」奇奇說，「我們不能因為它有一次糟糕的表現，就忘記它以前有過的良好表現。走吧！公車來了。」

他們搭上了公車。這輛公車很古怪，司機是一隻鴨子，車掌是一隻兔子。但是奇奇似乎一點也不驚訝，所以茉莉和彼得也沒有多說什麼，只是一直盯著司機和車掌瞧。十分鐘後，公車抵達了山丘下的一個洞穴口。

「我們要在這裡下車。」奇奇說。兩個孩子對此感到很驚訝，他們跟著奇奇走進洞穴，爬上了一些階梯。奇奇打開一扇門，而孩子們無比驚異的發現，自己正從一棵樹中爬出來，而這棵樹正位於他們家附近的森林裡！

「你永遠也不會知道，通往仙子國度的入口會出現在什麼地方。」茉莉說。她盯著這棵樹，奇奇則關上了樹幹上的門。

他們一路跑回家。當他們一進到遊戲室裡，第一眼就看到了——你猜猜他們看到了什麼？沒錯，就是許願椅！他們驚訝的瞪著許願椅。

「不管發生什麼，它最後還是回家了！」彼得開心的說。「它的翅膀不見了。喔，天啊，它回到我們身邊了。它真是太可愛了！」

「許願椅，你真棒！」茉莉跑向許願椅，在上面坐了下來。「我真高興許願椅回來了。我想它應該覺得很抱歉。但我一點也不在意剛剛差點掉進煙囪裡，現在一切都結束了。回想起來，剛剛的經歷真是刺激！」

「別在許願椅面前說這種話。」奇奇說。「我們可不知道它接下來還會做出什麼好事。」

「我們趕快把衣服刷乾淨吧。」彼得拿出一把刷子。「要是不刷乾淨的話，麻煩就大了。就算我們老實說今天被卡在煙囪上，也一定不會有人相信的！」

「我們接下來要去哪裡冒險呢？」茉莉說。啊哈！我們等著瞧吧！

13 哥布靈的雲上城堡

當許願椅又再次長出翅膀的時候，奇奇嚴厲的看著它。

「上次你表現得很糟！」他說。「如果還想要我們跟你一起去冒險的話，就要好好表現。如果你不好好表現的話，我會把你賣給雜貨店，你不會喜歡被賣掉的！」

許願椅激動的拍動翅膀，奇奇微笑著看向另外兩個人。「這樣一來，它應該就會好好表現了。」他說。「它不會想要被送到雜貨店老闆手上的。走吧，坐上許願椅囉！」

他們全都坐上了許願椅。椅子緩慢的升空並飛出門，小心翼翼的不去搖晃或是震動到身上的兩個孩子和妖精。它飛得實在太慢、太小心了，反而讓奇奇不耐煩了起來。

「你現在的表現又太傻了！」他對許願椅說。「正常的飛就好了，你現在根本像是沒在前進一樣。」

於是，許願椅飛得更快了一點。它高高的飛到天上，兩個孩子幾乎看不清楚下面的房子了。接著，他們甚至飛到雲朵上——突然之間，兩個孩子驚訝的發現，眼前的雲朵上有一座巨大的城堡！

「我說啊！你們快看！」彼得驚奇的說。「是一棟蓋在雲朵上的城堡！奇奇，誰住在那裡呢？」

「不知道。」奇奇說。「我希望住在裡面的是個好人，我不想要一大早就再次遇到巨人。」

許願椅往城堡飛去。城堡的巨大前門敞開著，於是許願椅飛了進去。

「天啊！」茱莉驚恐的說。「這麼做真是沒禮貌，我們應該先敲門的！」

許願椅停在一個寬大的廚房裡，一隻矮小的哥布靈正坐在椅子上閱讀一張紙，他有一雙尖尖的耳朵、一對綠色的眼睛、雙腳和雙手都很瘦削。許願椅載著奇奇、茱莉和彼得飛進來的時候，他驚訝的跳下椅子。

兩個孩子和奇奇爬下許願椅。

「早安。」奇奇說。「很抱歉我們直接闖進來了，但我們的許願椅不願意讓我們先敲門。」

哥布靈禮貌的向他們鞠躬。「完全沒有關係。」他說。「你們的這張許願椅真是美妙，我很榮幸能夠見到你們！請坐，讓我幫你們拿些檸檬汁吧！」

他們紛紛坐到凳子上。哥布靈跑到櫥櫃前，拿出了一大罐檸檬汁。

「真開心能有你們這麼棒的訪客。」哥布靈替他們三個人各倒了一杯檸檬汁。「好了，你們想要吃點餅乾嗎？」

「謝謝你。」茉莉、彼得和奇奇說。他們都覺得這隻哥布靈很親切，但他們卻一點也不喜歡他。他好像有點太禮貌了！

「再來一杯檸檬汁嗎？」哥布靈拿起奇奇的空杯子問。「喔，請再喝一杯吧！我向你保證，你們能來拜訪我真是我的榮幸。小女孩，還要一點餅乾嗎？這些餅乾都是我自己做的，只給特別的客人吃喔。」

「但我們沒有很特別。」彼得說。他覺得這個哥布靈一定很笨，才會說出這種話。

「噢，有的，你們的確非常特別。」哥布靈對他們禮貌的微笑。「你們來這裡探望我這隻醜陋的小哥布靈，真是太好心了。」

「但我們不是特意來這裡看你的。」茉莉老實的說。奇奇對著她皺起眉頭。他不希望茉莉惹惱哥布靈。他一點也不相信他，只想用最快的速度離開這裡。

「好吧，」奇奇吃完餅乾後說，「謝謝你這麼殷勤的招待我們，你真好心。但現在，我們必須先走一步了。」

「再見，謝謝你。」禮貌的哥布靈說。他對三個人揮揮手，又深深一鞠躬。三

個人往許願椅的方向轉身，打算回家。

接著，他們發現了一件非常可怕且令人震驚的事！許願椅不在原本的地方，它不見了！

「我說啊！許願椅去哪裡了？」奇奇大喊。「哥布靈，我們的許願椅在哪裡？」

「喔，小妖精，我怎麼會知道呢？」哥布靈說。「我一分鐘都沒有離開過你們，不是嗎？它一定是在你們沒有注意的時候飛走了。」

「它才不會飛走呢。」奇奇說。「要是它飛走了，我們一定會看到，或者感覺到它拍翅膀時的風。哥布靈，我不信任你。你一定對我們的許願椅做了什麼好事，你讓你的僕人把它拿走了！快告訴我實話，否則我就要對你不客氣了！」

「不客氣！」哥布靈說。「請問你要怎麼對我不客氣呢？妖精，我建議你最好小心一點。你要怎麼在沒有許願椅的情況下，從我的城堡裡離開呢？住在這棟雲上城堡的只有我一個人！」

「奇奇，小心點。」彼得說。「別惹他生氣。要是他不願意幫忙我們的話，天知道我們要怎麼逃出這裡！」

茉莉看起來嚇壞了。矮小的哥布靈對著她禮貌的微笑，說：「別害怕，漂亮的小女孩。只要妳願意跟我一起待在城堡裡，我就會把妳當作最尊貴的客人來招待。」

「我們根本不想要跟你待在一起。」奇奇說。「我們想要我們的許願椅！你對許願椅做了什麼好事？」

但禮貌的哥布靈就是不回答他的問題。這真是太令人厭煩了。他們到底該怎麼辦呢？

奇奇突然失控了。他衝向哥布靈，抓住他的肩膀前後搖晃。哥布靈好像嚇了一跳，轉身就跑出了大廚房，往大廳跑去，奇奇則跟在他身後。茱莉和彼得對看了一眼。

「奇奇會害我們惹上麻煩的。」茱莉說。「他真是個笨蛋。要是他惹怒哥布靈的話，哥布靈一定不會幫我們離開這裡的。我猜調皮的許願椅應該是自己飛回家了。」

「我很確定它沒有飛回家。」彼得說。「要是它飛回家了，我剛剛一定會看到的。」

哥布靈被奇奇追著跑回了廚房。「抓住他、抓住他！」奇奇大聲喊叫。彼得試著想抓住他，但哥布靈就像滑溜溜的鰻魚一樣，一下往這邊躲、一下往那邊躲。然後，有趣的事情發生了。彼得被一個看不見的東西絆倒了！

他的腳絆到了某個東西，然後整個人往前一撲。碰！但他回頭一看，卻發現附近沒有任何能絆倒他的東西。他驚訝極了，接著坐起身，看了看周圍。

「我剛剛被什麼東西絆倒了？」他說。奇奇不再追哥布靈了，他跑向彼得，伸出兩隻手臂，在彼得附近的空氣中不斷摸索。他的手摸到了某個堅硬的東西，但他卻看不到那個東西！

「啊！」他開心的驚呼，「是許願椅！那個哥布靈騙子把許願椅變隱形了，所以我們才看不到它，但它其實就在這裡！哥布靈本來要把我們送回家的，一旦我們走了，他就可以把許願椅占為己有，我們永遠也不會知道許願椅是被他搶走的！」

「這麼說來，它沒有飛走囉！」茉莉跑過去，也用手摸索起來。

「喔，太好了、太好了！就算看不到許願椅，我們也一樣可以坐著許願椅飛回家！彼得，快起來，在那個討厭又有禮的哥布靈來得及施展更多咒語之前趕快走吧！」

他們全都坐上了隱形的許願椅。「回家，許願椅，回家！」奇奇大聲說。隱形的許願椅升上空中，飛出了大門。哥布靈也跑出門，不斷對他們鞠躬。

「很高興能認識你們！」他禮貌的高聲說道。

「真是個令人討厭的有禮傢伙。」奇奇說。「我的天啊！孩子們，我們差點就把許願椅弄丟了！現在，我們要想辦法讓它現形。看不到許願椅是不是真的在那裡可一點也不好玩！我不喜歡這種屁股下什麼都沒有的感覺，我想要看到我坐著什麼東西。」

飛回家之後，他們從許願椅上跳下來，看了看彼此一眼。

「好吧，這也算是一場冒險！」彼得笑著說。

14 旋轉小屋

看不到許願椅實在是一件令人煩惱的事。兩個孩子一直忘記許願椅在哪裡，不斷被它絆倒。

「喔，天啊！」彼得抱怨道，這是他第四次被絆倒了，「我再也不能忍受隱形的許願椅了。我一直走到它旁邊然後被絆倒。」

「我在上面綁個蝴蝶結好了！」茉莉說。「這麼一來，我們一看到半空中的蝴蝶結，就知道許願椅在哪裡了！」

「這真是個好主意。」奇奇說。「女孩子總是能想到好主意。」

「男孩子也能想到好主意啊。」彼得說。「我說啊！飄在半空中的蝴蝶結看起來很古怪呢！我們看得到蝴蝶結，卻看不到許願椅。要是有人進來的話，一定會盯著這個蝴蝶結看。」

蝴蝶結看起來的確很有趣，它飄在半空中，不過也的確提醒了兩個孩子和奇奇，不要被隱形的許願椅絆倒。蝴蝶結讓他們避免跌倒好多次。

「我昨天問了幾個小仙子，要怎麼樣才能讓許願椅現形。」奇奇第二天說。「他們說『片刻森林』裡有一棟旋轉小屋，住在那棟房子裡的老女巫非常、非常擅長把東西變隱形或者現形！所以，等下次許願椅長出翅膀的時候，我們就可以飛到那裡去，這麼一來，說不定可以讓許願椅現形了。」

「可是我們看不到許願椅，要怎麼知道翅膀長出來了沒有呢？」茉莉說。

「我從來沒想過這件事呢。」奇奇說。

「我知道了！」彼得說。「我們先把紙撕成碎片，把這些碎紙片放在椅腳周圍的地板上。等到翅膀長出來的時候，許願椅搧動翅膀造成的風，就會把碎紙片吹走了。只要我們看到碎紙片飛走，就知道許願椅可以再次帶我們去冒險了！」

兩個孩子把紙撕成碎片，接著把碎紙片放在椅腳附近的地板上。

「說真的，這樣看起來好好笑！」茉莉說。「上面是一個飄在半空中的蝴蝶結，下面的地板上有一些碎紙片！要是媽媽進來了，她一定會覺得這裡很髒亂。」

「我們來玩跳圓片吧。」彼得說。「我去拿杯子和塑膠片。」

很快的，三個人就在地板上玩起了跳圓片。茉莉靈巧的讓她的塑膠片跳進杯子裡，她才剛贏得遊戲，奇奇就大喊：「快看！那些碎紙片飄到空中了！許願椅一定長出翅膀了！」

茉莉和彼得轉頭看。的確，他們剛剛放在地板上的碎紙片正上下飄動著，好像有風在吹一樣。兩個孩子也感覺到了微微的涼風，他們知道許願椅再次長出紅色的翅膀了。

「彼得，你想出來的也是個好主意。」奇奇說。「我現在知道了，其實男孩子跟女孩子一樣，都能想出好主意！來吧，我們一起坐上許願椅，看看它能不能載我們到片刻森林去找老女巫的家。」

他們爬上了許願椅。爬上一張看不見，卻感覺得到的椅子真是種怪異的體驗。奇奇一如往常的坐在椅背上，兩個孩子則擠在座位上。

「去片刻森林的旋轉小屋。」奇奇對許願椅說。許願椅升上空中、飛出大門，在兩個孩子一句話都還沒說出口的時候，就往上飛得好高、好高……現在，他們看起來一定很奇異，他們正坐在一張看不見的椅子上呢！

外面下著雨。茉莉真希望他們有帶傘。「奇奇，叫許願椅飛到雲上面。」她說。「雨是從雲朵裡面落下來的。如果能飛得比雲還要高，就不用淋雨，也不會弄濕衣服了。」

「許願椅，飛到雲朵上面。」奇奇說。許願椅飛得更高、更高。它穿過霧茫茫的灰色雲朵，抵達雲朵上方。上面陽光普照，使得雲朵的上半部看起來非常耀眼！

「這樣好多了。」茉莉說。「陽光會把我們的衣服曬乾。」

他們沐浴在陽光中，在巨大的白色雲朵上往前飛了又飛。接著，他們再次向下降落，兩個孩子發現他們的正下方是一座濃密的森林。

「片刻森林！」奇奇盯著下方說。「我們很快就要到達目的地了。」

他們繼續往下飛，最後來到了一小塊空地。許願椅在空地降落，停在一小片草地上。不遠處，有一棟十分古怪的房子，房子下方有一隻腳，就像一根短短的竿子，這棟房子正以這隻腳為中心不斷的轉啊、轉啊、轉啊！它轉得並不快，兩個孩子可以清楚看到房子其中一側有一扇門，另外三側則各有一扇窗戶。房子上面有一根煙囪正在愉悅的冒著煙。但是，那股煙是綠色的，顯然住在這棟房子裡的是一位女巫。

「好啦，我們到了。」奇奇從許願椅上爬下來。「我們應該要把許願椅帶走。我覺得現在看不到它，最好不要把它留在這裡。要是有人跑過來把蝴蝶結解開，我們就沒辦法知道許願椅在哪裡了。」

「那個老女巫會不會很兇？」茉莉問。

「不會，她是個善良的女巫。」奇奇說。「我知道她一定會盡力幫助我們。妳不用害怕。她不會傷害我們的。我的祖母跟她是很好的朋友。」

「那我們要怎麼進去房子裡呢？」彼得問，他看著奇怪的房子不斷轉啊、轉啊、轉啊。「感覺就像要爬上正在旋轉的旋轉木馬，媽媽總是說，那麼做很危險。」

「這個嘛，我們可以試著請女巫把房子停下來一下，這樣就能帶著許願椅跳進去了。」奇奇說。「走吧，我來搬許願椅。」

他們走向那棟怪異的小房子。房子不斷旋轉的同時，煙也跟著不斷旋轉，轉出了好多綠色圈圈。這個景象真是太離奇了。

「碎碎女巫、碎碎女巫！」奇奇叫道。「請停下妳的房子，讓我們進去！」

屋內有人打開了一扇窗戶，往外看了一眼。那是一名老女人，她身穿紅披肩，戴著一頂漂亮的白帽。她的鷹勾鼻上架了一副好大的眼鏡。老女巫看到他們時，似乎很驚訝。

「等一下！」她喊道。「我馬上把房子停下來。但你們要快點進來，因為房子沒辦法停太久。」

房子慢了下來，它轉圈的速度越來越慢，最後終於停住了。房門正對著

他們三個人，老女巫打開門，招手要他們過去。茉莉衝進了屋裡，彼得也一樣。奇奇也試著帶著許願椅跑進房子裡，但這時，房子又快速的轉動了起來！可憐的奇奇就這麼抓著許願椅，從門口掉了出去。

茉莉和彼得無法自制的大笑了起來，奇奇看起來實在太滑稽了。女巫再次停下房子，這次有彼得幫忙，奇奇很快就進屋子裡來了。他們把許願椅放好，接著便轉身向老女巫問好。

「早安。」她和藹的微笑。「我能幫你們什麼忙呢？」

15 碎碎女巫與魔法漆

兩個孩子和奇奇看向正在微笑的老女巫。他們很喜歡她，碎碎女巫的一雙眼睛就像勿忘草一樣湛藍，看起來十分親切。一開始，他們覺得有點頭暈，因為房子一直在轉啊轉，但他們很快就習慣了。

「我們把許願椅帶來這裡了。」奇奇說。「我們之前去了雲端上的哥布靈城堡，他把我們的許願椅隱形了，看不到椅子是件很麻煩的事。我們聽說妳很擅長隱形咒與現形咒，就決定把許願椅帶過來。可以請妳幫我們把許願椅現形嗎？」

「當然可以囉。」碎碎女巫說。「我這裡有一些強力魔法漆。只要用了這種漆，就可以讓你們看到許願椅了。」

她走到櫥櫃前。兩個孩子開始打量這個房間。

這真是個非常奇特的房間。壁爐架上的時鐘長了腳，指針每動一下，它就沿著壁爐架往前踏一步。

走到壁爐架的尾端時，它就轉身往回再走一次。然後它突然消失了！

「喔！」茉莉驚訝的說。「碎碎女巫，妳的時鐘不見了！」

「噢，不用理它。」女巫說。「它只是在炫耀而已！」

時鐘發出了「啊啊啊啊！」的叫聲，然後又出現了。它上上下下的來回走

著，兩個孩子覺得，這真是他們看過最奇怪的時鐘了。

小屋裡的其他東西也非常奇特。屋子裡有一張椅子，它有四隻椅腳和一個椅背，但卻沒有椅座。茉莉很好奇這張椅子會不會有一個看不到的椅座。她走過去坐在那張椅子上，發現椅子的確有椅座，不過是隱形的。屋子裡還有一張桌子，只有桌面而沒有桌腳。

餐具櫃裡面有些杯子沒有把手，有些盤子固定在半空中，下面空空如也。茉莉伸出手，摸到了下面的盤子，但卻看不到它們。她轉身看向碎碎女巫。

「妳家真好玩。」她才說完這句話，就驚訝的停了下來。碎碎女巫身體的中間那部分不見了！喔，天啊，她看起來實在太奇怪了！

「別擔心。」她對茉莉說。「我很好。我的身體其實還在，只是消失個幾分鐘而已。擅長隱形與現形魔法的人時常會遇上這種事。」

在她說話的時候，她的身體又再次變得完整，然後，天啊，她的手和腳不見了！茉莉笑了起來。「接下來是哪裡會消失啊！」她說。

接著，碎碎女巫整個人都消失不見了，兩個孩子和奇奇都找不到她！但他們知道她還在房間裡，因為他們聽得見碎碎女巫的笑聲。

「別露出這麼驚訝的樣子。」她說。「在女巫的家裡，無論遇到什麼事都不需要感到訝異。」

「我說啊！地板不見了！」彼得擔心的看著他的腳下。「喔！我覺得我好像正在往下掉！地板跑去哪裡了？」

「喔，地板一直都在。」碎碎女巫一點一點現形。「只是你看不到它罷了。別擔心，地板還在！」

她把一罐魔法漆放在桌上。「你們要幫許願椅上漆，讓它變回來嗎？」她問。「上漆是個簡單的工作。這裡有三支刷子給你們用。這種魔法漆很好用，它可以讓隱形的東西現形，也可以把看得見的東西隱形。我今天有許多事要忙，所以若你們能自己上漆的話就太好了。」

「我們很樂意自己上漆！」奇奇說。他打開魔法漆罐的蓋子，拿起了一支刷子。「替看不見的東西上漆一定很有趣！」他說。

他摸了摸許願椅的椅腳，用刷子沾了一些魔法漆。這桶魔法漆是奇妙的銀色，看起來就像煙霧一樣稀薄。他替許願椅其中一隻隱形椅腳上漆。說變就變！椅腳出現了，和以前一樣是實實在在的棕色。

「我把一隻椅腳變回來了！」奇奇一邊說，一邊興奮的揮舞手上的刷子。一滴魔法漆濺到了彼得的鼻子上。

「別亂來。」彼得說。茉莉驚恐的盯著他看，彼得的鼻子消失了！

「彼得，你的鼻子不見了！」她說。「剛剛有一滴魔法漆濺到你的鼻子上了！喔，我們該怎麼辦才好？」

「當然是把它變回來啊。」奇奇說。「妳沒有聽到碎碎女巫剛剛說的話嗎？這罐魔法漆有兩種作用，它能讓看得見的東西變成看不見，讓看不見的東西變成看得見。彼得，過來！我幫你在鼻子應該出現的地方上漆，這樣鼻子就會變回來了。」

他沾了一些魔法漆，在他認為應該是鼻子的地方上漆，鼻子真的再次出現了！茉莉覺得很開心。沒有鼻子的彼得看起來可怕極了。

「你竟然敢讓我的鼻子消失，我要好好教訓你！」彼得對奇奇說。他用刷子沾了點魔法漆，去抹奇奇的尖耳朵，奇奇的耳朵瞬間就消失了。

「別鬧了！」奇奇氣憤的說。他把一些魔法漆噴到彼得的腳上，彼得的腳馬上就不見了！

「啊！」彼得驚訝的說。「我不喜歡沒有腳。我要把他們漆回來。好了，出現了！奇奇，別玩了，我不喜歡這個遊戲。要是有什麼東西變不回來就糟了！」

奇奇很調皮。他用刷子沾了一些魔法漆，再去塗茉莉的脖子。她現在看起來只有頭跟身體，但卻沒有脖子，真是詭異！彼得受不了了。他立刻把茉莉的脖子漆回來，皺起眉頭看著奇奇。

「要是你再亂來的話，我就用魔法漆把你從頭刷到腳，然後把這罐魔法漆拿走！」他說。

「好了，聽我說。」碎碎女巫突然高聲說。「我給你們那罐魔法漆不是拿來浪費的。要是你們隨便使用那罐魔法漆，可能會沒辦法幫整張許願椅上漆，到時候，許願椅就會有一部分保持隱形狀態。請你們好好做事。」

奇奇和彼得的臉都紅了。他們開始認真替許願椅上漆，茉莉也加入了他們的行列。壁爐架上的時鐘太想知道他們在做什麼了，走著走著就不小心從壁爐架上掉了下去，落入了煤桶裡面。

「就讓它待在那裡吧。」女巫說。「它的好奇心太重了，每次都喜歡跑到不應該出現的地方去。」

「啊啊啊啊！」時鐘失望的說。茉莉很慶幸自己家裡的時鐘不是這個。

一個小時後，許願椅再次出現了，油漆罐裡的魔法漆也都用完了。他們的許願椅就這麼站在這裡，和以前一模一樣。親眼看著許願椅從隱形到現形真是個古怪的體驗。

「後面這裡還有一小塊地方是隱形的。」茉莉指著椅背上一小塊沒有變回來的地方。但他們已經沒有魔法漆可用了，兩個孩子都不想再向女巫要更多魔法漆。所以，許願椅那一小塊隱形的地方將會

繼續保持隱形。看起來就像是這裡有個洞一樣！

「碎碎女巫，真的非常感謝妳。」奇奇禮貌的說。「我們把許願椅變回來了，現在我們該回家了。可以麻煩妳把房子停下來，讓我們出去嗎？」

「當然可以。」碎碎女巫說。她唸了一句咒語，旋轉小屋就慢了下來。「再見了。」她對奇奇和兩個孩子說。「有空再過來拜訪我。好了，快走吧，不然房子又要開始旋轉了！」

他們擠上了許願椅。房子停了下來，而後女巫打開門。

「許願椅，回家！」奇奇大喊。許願椅直直的從門口飛了出去、升上天空。

「再見、再見！」茉莉和彼得看著下面的房子大喊。房子又開始旋轉了。「我說啊，這場冒險真是太棒了，對吧！」

「真希望我們能帶一些魔法漆回來。」奇奇說。「我們可以拿魔法漆來玩，一定會很好玩的！」

「我倒是很高興我們沒有帶魔法漆回來！」茉莉對奇奇說。「否則不知道你又要怎麼惡作劇了！」

16 愚蠢的男孩湯姆士

最近，兩個孩子很煩惱，因為媽媽說她請了油漆工人來重新油漆遊戲室的牆壁，並且修理壞掉的窗戶。這代表他們將有好一段時間不能在那裡玩了。

他們的遊戲室位於花園的最後面，對於他們的朋友妖精奇奇來說，住在這裡很安全，因為除了兩個孩子之外，完全不會有人想跑來這個地方。但是，如今油漆工人要在這裡工作一整週。真是太煩人了！

「奇奇，幸好現在是夏天，這段時間你還可以住在花園裡。」茉莉說。

「喔，別擔心我。」奇奇說。「我在附近一棵橡樹的樹洞裡有個舒服的小窩。我擔心的是許願椅。我們要把許願椅放在哪裡呢？我們不能在油漆工人工作的時候，被他們看到椅子會飛。」

「我們最好把許願椅放在儲藏室裡。」彼得說。「那個房間才剛油漆過，我覺得媽媽和其他人應該都不會進去。那邊很安全。」

因此，彼得和茉莉趁著沒人注意的時候，搬著許願椅到樓上的儲藏室，把許願椅放在角落。他們把窗戶緊緊關上，這麼一來，就算許願椅突然長出翅膀，也不會飛出去。

他們不能找奇奇到房子裡和他們一起玩，因為奇奇不希望任何人知道他的存在。因此，在一個下雨的午後，他們找了對街的小男孩湯姆士來玩玩具兵。

他們不太喜歡湯姆士，但是有他在總好過一個人也沒有。

湯姆士來了。他很快就玩膩了玩具兵，開始在育兒房裡翻筋斗。他很擅長翻筋斗。

「我還會做很可怕的鬼臉。」他對茉莉和彼得說。接著，他開始做恐怖的鬼臉，兩個孩子驚恐的看著他。

「媽媽說過，當你做鬼臉的時候，如果風向改變的話，你的臉可能會卡住。」茉莉說。「別做鬼臉了，湯姆士。」

但湯姆士不聽。他皺起鼻子和前額，把臉頰吹得鼓鼓的。但就在這一瞬間，風向改變了！可憐的湯姆士沒辦法把臉恢復原樣了！他試了又試，但就是沒辦法。這真是太糟糕了！該怎麼辦呢？

「喔，湯姆士，風向改變了！我在你做鬼臉的時候看到風向儀轉動了！」茱莉大喊。「我警告過你了！你真是個笨蛋。」

「他不能就這麼回家。」彼得說。「我們用

熱水幫他洗洗臉吧，說不定洗完臉就可以恢復了。」

所以，他們好好的幫湯姆士洗了臉，但是洗完臉後，他的表情還是沒有變化。皺起來的鼻子和前額，以及依然吹得鼓鼓的臉頰……喔，天啊！

「你覺得，奇奇知不知道該怎麼辦？」最後彼得說。

「奇奇是誰？」湯姆士問。

「跟你沒有關係。」茉莉說。「彼得，去找奇奇，看看他怎麼說。我待在這裡陪湯姆士。他不能跑出育兒房，要是他遇到了媽媽或女僕珍，她們一定會覺得湯姆士是在對她們做鬼臉，到時候她們一定會很生氣。」

彼得跑下樓梯、走到花園裡，按照奇奇教過他的方式吹出一段口哨。只要想找奇奇，他就要吹這段口哨。

奇奇用同樣的口哨聲回應了他。彼得在一個大大的山楂樹叢下看到了奇奇，他正在縫補衣服上的破洞。

「怎麼了？」奇奇一邊縫一邊問。

「我們家的育兒房裡有個男孩，他一直在做可怕的鬼臉。」彼得解釋。「當他做出一個特別嚇人的鬼臉時，風向改變了。現在，他沒辦法恢復本來的表情，所以茉莉派我來問你能不能幫助我們。」

「蠢到那種程度的男孩不值得幫助。」奇奇說。他把棉線剪斷，再次穿針引線。「你去轉告他這句話。」

「噢，不，奇奇，我們必須幫助他。」彼得說。「他的媽媽說不定會認為是我們害他的臉變成那樣的，到時候我們會惹上麻煩。你也不希望我們整整一個星期都被禁足，只能待在床上吧？」

「當然不希望。」奇奇放下衣服。「因為你們是我的朋友，所以我會幫你們。想幫助做鬼臉時遇到風向改變的人，只有一個方法。」

「什麼方法？」彼得問。

「想辦法拿到一些當時經過的風，噴到那個人的臉上。」奇奇說。「如此一來，他就會恢復正常了。但是，想要拿到特定的風是非常、非常困難的事。」

「那我們要怎麼辦？」彼得沮喪的問。

「我們最好坐上許願椅，去找風風巫師。」奇奇說。「他知道每一陣風的詳細狀況。今天下午，我看到許願椅在窗戶旁邊飛來飛去，它想要出來，所以我很確定它又長出翅膀了。過去看看吧，如果它長出了翅膀，就跟茉莉說一聲，我們去找老巫師幫我們。」

「喔，奇奇，謝謝你。」彼得說完後，就跑進了家門。他小聲把奇奇說的話告訴茉莉。

「我覺得許願椅一定長出翅膀了，」茉莉說，「今天下午我聽到儲藏室傳出了怪異的聲音。你知道嘛，就是敲擊聲和撞擊聲，我覺得那是許願椅試著溜出來的聲音。」

「我過去看看。」彼得說。他沿著樓梯跑到頂樓，打開了儲藏室的門。許願椅就站在門旁邊，準備好要飛出去了。但是彼得在許願椅溜出門的瞬間抓住了它。

「先等一下。」他說。但許願椅不想等，它用力擠過彼得身邊，彼得只好跳上許願椅。「去找奇奇！」他命令道。希望許願椅不會在半路上遇到任何人。

許願椅沿著樓梯往下，抵達了屋外的花園。它飛到山楂樹叢前，奇奇正站在那裡。許願椅用力拍動紅色的翅膀，奇奇立刻跳了上去。

「去風風巫師家。」他大喊。「我說啊，彼得，它飛得好快喔！被關在儲藏室一定讓它覺得很無聊！」

這時候，茉莉正從窗戶往外看。她剛剛聽到許願椅飛下樓的聲音。如今，她看到許願椅載著彼得和奇奇飛到空中，她真希望自己也坐在許願椅上！

「但是總得有人留在這裡看著湯姆士。」她想著。「要是把他一個人留在這裡，他一定會跑回家或者去找媽媽，又或者惹出別的麻煩。他現在的表情實在好醜啊！希望彼得和奇奇能找到方法讓他變回來。」

17 尋找風風巫師

許願椅載著彼得和奇奇高高升到空中。雨已經停了，天氣晴朗炎熱，許願椅快速前進時帶來的微風，讓彼得和奇奇都覺得很舒服。彼得希望茉莉也能跟他們一起來，三個人一起冒險比兩個人冒險有趣多了。

許願椅飛到一片吹著狂風的天空。天啊，這裡的風大得不得了！風把白色的雲朵都吹散了，還差點把彼得的頭髮吹走了！風吹在許願椅的翅膀上，讓許願椅難以拍動翅膀。

「風風巫師就住在下面的某個地方。」奇奇向下看了看。「你看！有沒有看到那個開滿金黃色小花的山丘？那裡有一棟房子。我很確定那就是風風巫師的家，因為那棟房子一直在不停震動，好像有風住在裡面一樣。」

許願椅往下飛、停在小屋外面，小屋正劇烈搖晃著，令人感到憂心。彼得和奇奇跳下許願椅，跑到小屋門前敲了敲門。

「請進！」一個聲音大喊。他們打開門，走進小屋。

呼——一陣風從屋內迎面颳來，差點把他們吹走了！

「你們好。」風風巫師說。他看起來怪異無比，因為他留著一頭長髮和長長的鬍子，又穿著拖地的斗篷，風吹起了他的頭髮、鬍子和斗篷，它們無時無刻都在上上下下轉圈，讓人幾乎看不到風風巫師的長相。

「你好。」彼得與奇奇盯著巫師說。彼得覺得，這位巫師的房子住起來應該不太舒服，因為屋子裡到處都是風在呼呼的吹，他的雙腳旁邊有風，他的脖子下面有風，他的膝蓋後面也有風！整間房子都是悄悄話和嘆息的聲音，好像風一直在自言自語。

「你們是來買一點風的嗎？」巫師問。

「不是。」奇奇說。「我是為了一個男孩來的，他在風向改變的時候做了鬼臉，然後就沒辦法恢復正常表情了。我們想，你說不定能夠幫助我們。我知道只要拿到一些當時吹過去的風，把這些風噴在他臉上，他就會沒事了。但我們要怎麼拿到這些風呢？」

「真是個愚蠢的男孩！」風風巫師說。他的斗篷被吹了起來，把整個人都遮住了。「那是什麼時候發生的事？」

「今天下午三點半。」彼得說。「那時我剛好聽到育兒房的時鐘響了。」

「這很困難！非常困難！」巫師一邊說，一邊輕輕拍順斗篷。「事情是這樣的，風一吹起來就會在瞬間消失。讓我想一想——會有誰還留著一點點那時的風呢？」

「當時從那陣風旁邊飛過去的鳥兒？」奇奇說。「你知道的，牠們的羽毛裡可能會有一點風。」

「沒錯，的確如此。」巫師說。他從一個滿滿的玻璃罐裡拿出一根羽毛，用力把羽毛往門外丟出去。

「小鳥，來吧，把翅膀裡的風帶過來！」他吟誦著。

彼得和奇奇往門外看出去，希望能看到幾十隻鳥兒飛過來，但最後只有一隻黑鳥出現在門口。

「那個時候，和那陣風一起飛翔的只有一隻鳥。」巫師說。「黑鳥，來吧，抖動羽毛。我想要你羽毛中的風！」

黑鳥抖了抖黑得發亮的羽毛，巫師把一個綠色紙袋放在黑鳥的羽毛下，以便抓住羽毛中的風。袋子脹大了一點點，就像氣球一樣。

「若想要把你朋友的臉變回來，這裡的風還不夠！」巫師看著袋子說。「不知道那時有沒有風箏乘著那陣風。」

他打開一個櫥櫃，拿出了一條風箏的尾巴。他把風箏的尾巴丟到門外的空中。

「風箏，來吧，把你

身上的風帶過來！」他大喊。

彼得和奇奇期待的看著外面。接著，他們開心的看著天空飄下了兩只風箏，一只是綠色的，一只是紅色的。它們飛到了巫師的腳邊。

巫師分別搖了搖兩只風箏，把風搖進綠色袋子裡。袋子又變大了一點點。

「還是不夠。」巫師說。「我會再招來一隻小船。如此一來，風一定就夠了！」

他跑到壁爐架邊，從上面拿起一個小水手娃娃。他把娃娃丟到空中，娃娃就消失了。

「小船，來吧，把帆船裡的風帶過來！」

老巫師唱著。他的頭髮和鬍子像煙霧一樣不斷飄動。

接著，山坡上的潺潺小溪中駛來了六艘小小的玩具船，它們的船帆中都鼓滿了風。小溪突然改變了航道，流到巫師家的前門口，六艘小船也跟著航行過來。老巫師動作迅速又靈活的抓起了六艘小船，將船帆裡的風都搖進綠色紙袋裡，接著再把它們放回小溪中。小船再度消失在彼得和奇奇的視線之內。

紙袋現在又胖又滿。

「我看，這樣差不多夠了。」巫師說。「現在，讓我把風放進鼓風箱裡，讓你們帶回去！」

他從火爐旁邊拿出一個小鼓風箱，把鼓風箱的前端放進綠色紙袋裡。他拉開鼓風箱，讓鼓風箱吸取袋子裡的所有空氣。最後，巫師把鼓風箱交給彼得和奇奇。

「好了，在回到朋友身邊之前，小心不要擠壓到鼓風箱。」他說。「見到你朋友之後，對著他的臉用力按下鼓風箱，把裡面的空氣全都噴到他

的臉上，就可以馬上恢復正常了！」

「真是太謝謝你的幫助了。」奇奇感激的說。他和彼得跑到許願椅旁並坐了上去，他們小心翼翼的捧著鼓風箱。許願椅升到空中，奇奇大喊：「回家，許願椅，回家！」

沒幾分鐘後，他們就飛到了儲藏室的窗戶外，茉莉跑上去打開窗戶，許願椅在外面飛了一圈之後又飛回來，從窗戶飛進屋裡。彼得和奇奇在進屋之後便關上窗戶、跑向樓下，衝進育兒房裡。

湯姆士還在那裡，他的鼻子和前額還皺著，臉頰也還是鼓的。

「你們回來真是太好了！」茉莉說。「和湯姆士待在這裡實在很可怕。他的臉看起來好嚇人，讓我覺得好像在作噩夢！你們找到能讓他恢復正常的方法了嗎？」

「找到了。」奇奇把鼓風箱拿出來給她看。「風風巫師蒐集了湯姆士做鬼臉時轉向的那陣風，把風都裝在這個鼓風箱裡。只要用力壓鼓風箱，把裡面的空氣噴在他臉上，他的臉就會恢復正常了！」

「那就趕快壓吧！」茉莉說。奇奇拿起鼓風箱，對著湯姆士的臉用力一壓：「噗——！」湯姆士倒抽了一口氣，臉上發出了劈啪聲。他閉上眼睛，咳嗽了幾聲。等他再次張開眼睛時，表情終於恢復正常了。他的鼻子和前額不再皺在一起，臉頰也變平了，不再是鼓鼓的！

「湯姆士，你恢復正常了。」奇奇說。「但你務必要從這次的經驗中學到教訓，別再那麼蠢了。」

「我再也不做鬼臉了。」湯姆士說，他真的嚇壞了。「但你是誰啊？你是仙子嗎？」

「不用管我是誰，不要跟任何人說起我，或者今天下午發生的事。」奇奇說。湯姆士答應了。他跑回家時心中充滿了疑惑，但一想到自己的臉能恢復正常，他就覺得開心極了。

「好吧，茉莉，這也算是一次刺激的冒險吧！」彼得說。接著，他把剛剛遇到的事都告訴了茉莉。「風風巫師非常善良。我說啊，我們要怎麼把他的鼓風箱還回去呢？」

「讓我來吧。」奇奇拿起鼓風箱。「我要先走了，否則等一下要是有人進來，我就會被發現了！下次見了！」

18 收舊貨的彎彎先生

一天，兩個孩子和奇奇在花園後面的遊戲室中安靜看書時，門被敲響了。

他們抬起頭。一位手上拿著草帽的矮小男人，表情狡詰的站在門口。

「你們有任何舊貨要賣嗎？」他問。「我願意買舊衣服、老家具、舊地毯……任何你想賣的舊貨我都買。我會出個好價錢的。」

「不需要，謝謝你。」茉莉說。「除非媽媽同意，不然我們不會賣掉任何東西。」

「那邊的那張舊椅子賣不賣呢？」男人指著許願椅。「椅子放在你們的遊戲室，表示沒有人需要這張椅子了。我喜歡那張椅子，我會出個好價錢的。」

「絕對不賣！」彼得說。「請你離開，不然我要叫園丁來把你趕走了。」

矮小的男人戴上草帽，對他們微微一笑，接著就離開了。奇奇看起來不太舒服。「我不喜歡他給人的感覺。」他對兩個孩子說。「他可能會為我們惹上麻煩。我覺得我應該要趕快回到花園去了。我不喜歡被人看到我待在這裡。」

很快的，奇奇就跑出去和花園裡的小仙子一起玩了。幸好他這麼做了，大約十分鐘之後，媽媽就來到花

園裡，身後還跟著那位戴著草帽的矮小男人。

「彼得、茉莉，你們在嗎？」她說。「噢，這位彎彎先生說，他會買下所有老舊物品。他在這裡看到了一張舊椅子，也願意買下來。我不記得這裡有張舊椅子，是哪一張？」

可憐的茉莉和彼得！他們一直都沒有洩漏過許願椅的祕密，現在這個祕密要被揭穿了！他們不知道該怎麼回話才對。

媽媽看著許願椅，露出疑惑的表情。「我不記得我們家有這張椅子。」她說。

「我願意出兩鎊向妳買這張椅子。」彎彎先生說。「這張椅子大概值不了那麼多錢，但我願意用這個價格跟妳買。」

「這個價格對於放在遊戲室的椅子來說，算是很高了。」媽媽說。「好吧，今晚把錢拿來，這張椅子就是你的了。」

「喔，媽媽、媽媽！」兩個孩子絕望的驚叫。「妳不懂。這是屬於我們的椅子，只屬於我們。我們很愛這張椅子，這是非常寶貴的椅子。」

「你們在說什麼呀？」媽媽驚訝的說。「我可不覺得這張椅子是什麼貴重的東西。」

茉莉和彼得知道，他們絕不能告訴媽媽這是一張會長出翅膀的許願椅，否則許願椅馬上就會被拿走、帶去博物館或是其他地方。他們到底該怎麼辦呢？

「我出兩鎊買那張老舊又骯髒的椅子。」彎彎先生狡詰的看著媽媽。

「很好。」媽媽說。

「今天晚上，我會帶錢過來。」彎彎先生說。他向所有人鞠了個躬，然後沿著花園小路離開了。

「別這麼沮喪啊，傻孩子！」媽媽說。「我會買一張好坐的藤編椅給你們。」

茉莉和彼得一句話都沒說。媽媽一走，茉莉就大哭了起來。「真是太糟糕了！」她哭著說。「那是屬於我們的許願椅。那個可怕的彎彎先生居然想用兩鎊把它買走。」

奇奇進來後，他們告訴他剛剛發生的事。他對兩個孩子笑了笑，抱住茉莉。「別哭了。」他說，「我有一個好計畫。」

「什麼計畫？」茉莉問。

「我可以聯絡木節先生，他是一位妖精木匠，住在那邊的原野上，他可以製作一張和許願椅一模一樣的椅子。」奇奇說。「我們可以讓彎彎先生拿走新的椅子，把許願椅留下！他不會注意到那是另一張不同的椅子，也不知道我們的椅子是許願椅，他以為那是一張值錢的舊椅子。所以說，讓他買一張沒有魔法，但長得一模一樣的椅子也沒關係！」

「喔！」茉莉和彼得開心的說，「他真的能在今晚之前，做出一模一樣的椅子嗎？」

「我覺得應該可以。」奇奇說。「跟我一起去問問他吧。」

他們鑽進了花園後面的樹籬、穿越田野，來到了一棵大橡樹的樹樁前。奇奇把一根露出地表的樹枝往旁邊一拉，樹根下就冒出了一扇活板門！

「你永遠也不會知道，這些小傢伙住在哪裡！」茉莉興奮的說。

奇奇敲了敲門。門向上翻起，一位光頭、耳朵巨大無比的妖精探出頭來。奇奇解釋了他們來這裡的目的，妖精邀請他們進地底工作室坐坐。工作室是個溫馨的小空間，四處都散落著木匠正在製作的小桌子、小椅子和小凳子。

「你覺得，你來得及做好我們的椅子嗎？」茉莉著急的問。

「這個嘛，如果我有快速咒語的話就來得及。」妖精說。「快速咒語能讓工作速度比平常快三倍，但是這種咒語很貴。」

「噢。」茉莉和彼得失望的說。「我們沒有什麼錢。」

「等等！」奇奇調皮的對他們笑了笑。「你們忘記彎彎先生要付兩鎊來買椅子了嗎？木節先生，兩鎊夠讓你做椅子和買快速咒語嗎？」

木節先生拿出一張紙，計算了一陣子，然後告訴他們兩鎊的價格剛好。接著，木節先生跟著孩子們一起回到遊戲室，看了看他們的許願椅。木節先生點點頭，對孩子們說，做一張一模一樣的椅子對他來說很容易。

兩個孩子覺得很開心。他們抱住奇奇，說他是認識的所有人中，最聰明的一個。他總是知道要怎麼幫助他們脫離困境。

「好了，我們最好先藏好許願椅。」奇奇說。「要把許願椅放在哪裡呢？」

「放在花園的小棚子裡！」茉莉說。「園丁會在五點下班。我們可以在他下班之後，把許願椅拿過去那裡。」

他們在五點過後把許願椅搬了過去、用麻袋蓋住。當他們從小棚子回到遊戲室時，木節先生剛好背著新的椅子過來，這張椅子和許願椅長得一模一樣，真是太厲害了！

「快速咒語真的很快！」木節先生說。「這是你們的椅子。你們隨時可以把錢拿來給我。」

兩個孩子向他道謝，把新的椅子放進遊戲室。接下來，只要等彎彎先生出現就可以了。

彎彎先生在六點半的時候出現了，手上拿著草帽，臉上帶著一如往常的狡詰微笑。「啊，椅子就在這裡呢！」他說。「這是你們的錢，非常謝謝你們！」

他把椅子背在背上、付

了錢，便吹著口哨離開了。

「好啦，現在他用錢買到了一張出色的妖精椅子，」奇奇說，「而且他沒有拿走許願椅！我覺得那張妖精椅子能賣到二十鎊，因為木節先生的手藝非常好，椅子上一根釘子也沒用到，全都是用魔法膠水黏住的！」

「而且我們還能留下許願椅！」兩個孩子開心的坐到許願椅上大喊。

這時，媽媽突然從門口探頭進來，她看到了許願椅。還好奇奇及時躲到了沙發後面！

「唉呀！」她說，「椅子沒有被賣掉呢！我很開心椅子還在，因為我發現這張椅子其實很好看，真不知道我為什麼會把椅子放到遊戲室來。我想把椅子放進家裡。彼得，請你今天晚上把椅子搬到樓上去。」

媽媽再次離開了。奇奇從沙發後面跳了出來，沮喪的看著兩個孩子。

「我說啊！」他說。「這真是個壞消息。彼得，你必須按照媽媽說的做。今天晚上先把許願椅搬到樓上吧！我們之後再想別的方法來解決這個新問題。喔，天啊！為什麼不能讓我們好好擁有許願椅呢？」

到了晚上，彼得把許願椅搬進了家裡。媽媽把許願椅放在書房，要是許願椅在書房長出翅膀就糟了！到時候會怎麼樣呢？

19 兩個壞孩子

茉莉和彼得覺得非常沮喪，因為媽媽把許願椅放進了書房。要是許願椅在書房裡長出翅膀，很可能會被大人看到！到時候，許願椅的祕密就會被揭穿。他們到底該怎麼辦才好呢？

奇奇想不出辦法，他不知道要怎麼把許願椅拿回遊戲室。要是他們直接把許願椅拿回來，媽媽一定會注意到，然後，又要他們把許願椅拿回房子裡。

彼得和茉莉非常認真的思考，要怎麼把許願椅拿回來。最後，茉莉想到了一個方法。她和彼得一起跑到遊戲室跟奇奇討論。

「我想到了一個方法。」茉莉說。「這個方法非常調皮，我們都會惹上大麻煩，但是我想不出其他有用的方法了。畢竟，這可是我們的許願椅！」

「快告訴我們妳想到什麼方法。」彼得說。

「方法是這樣的。」茱莉說。「我們要把髒東西潑在許願椅上，然後把坐墊弄破，接著把椅腳刮花。等到媽媽看到許願椅變得那麼髒、那麼破、那麼舊之後，她就不會想把許願椅放在書房了。這樣一來，我們或許可以把許願椅拿回來！」

「我覺得這是個好方法！」彼得和奇奇異口同聲的說。

「不過，我們會因此惹上大麻煩！」彼得說。「妳知道媽媽有多討厭我們把東西弄亂，所以遊戲室才會在花園的最後面。這麼一來，我們玩遊戲的時候就不會把家裡的餐廳、客廳或書房弄亂了。」

「不過，只要能拿回許願椅，就算真的惹上麻煩也是值得的。」茱莉說。「只要我們能繼續冒險，就算被懲罰也沒有關係。」

「沒錯。」彼得說。「我也這麼覺得。我們該從哪裡開始呢？」

「先把墨水潑到座椅上吧。」茱莉說。

「那我們走吧。」彼得說。奇奇祝他們好運後，他們便和奇奇道別、跑回家、進到書房裡。許願椅就放在裡頭，看起來好看又體面，媽媽還放了一個新靠枕在上面。

茉莉把靠枕拿起來。她不想要破壞屬於媽媽的東西。

彼得拿了墨水瓶，他們把整罐墨水都倒在椅座上。接著，他們跑去告訴媽媽這件事。

聽到這件事後，媽媽很生氣。「你們真的非常、非常的粗心！」她責罵兩個孩子。「彼得、茉莉，你們今天不准喝下午茶了。我對你們感到很生氣，幸好墨水沒有潑到我的新靠枕上。」

茉莉和彼得一句話都沒說。他們那天沒有下午茶，這讓他們覺得有些難過。但是他們不斷提醒自己，說不定這樣就能拿回許願椅，這讓他們稍微開心了一點。

第二天，彼得坐在許願椅上，用靴子大力踢兩隻椅腳，讓椅腳充滿刮痕和凹痕。媽媽聽到彼得製造出的聲音，便將頭探進書房裡，想看看聲音從哪來。

「彼得！」她大喊，「天氣這麼好，你為什麼不去花園玩！不要再用腳踢那張椅子了！喔，你真是太壞了，看看你做的好事！」

她跑到許願椅旁邊，看了看椅腳。椅腳上全都是刮痕！

「彼得，你真是太調皮了。」媽媽說。「昨天你跟茱莉才把墨水潑到椅子上，現在你又這樣踢椅子。你今天一整天都只能待在床上！」

可憐的彼得！他的臉頰漲紅，但一句話都沒說就跑回樓上。這麼粗魯的對待椅子是一件很糟糕的事，而且還是他這麼喜歡的許願椅。但是無論如何，他都要想辦法把許願椅帶回遊戲室！要是許願椅長出翅膀的時候，媽媽剛好坐在椅子上，然後被許願椅載走了，她要怎麼辦呢？她一定會嚇壞的！

彼得被懲罰要待在床上，茱莉覺得很難過。她偷偷進了彼得房間，給他一塊巧克力。

「我現在要去剪壞許願椅的坐墊了。」她小聲的說。「我覺得我應該也會被懲罰要待在床上。但是，想必媽媽一定會覺得許願椅不能繼續放在書房，這麼一來，我們就可以拿回許願椅了！」

茱莉走下樓，拿著她的針線籃進了書房。她拿出剪刀，開始剪娃娃的衣服。然後，喔，天啊，她把剪刀刺進許願椅的坐墊裡，剪出了一個大洞！

不久之後，媽媽走進書房。她馬上就看到茱莉剪開的洞。她驚恐的看

著那個洞。

「茉莉！這是妳弄的嗎？」

「媽媽，我想是的。」茉莉說。

「妳簡直就跟彼得一樣壞。」媽媽生氣的說。「妳也一樣，去待在床上吧！這張椅子現在可怕極了，上面都是墨水、破損和刮痕！這張椅子應該要放到遊戲室，我不能再把它留在書房了。你們兩個壞孩子，應該對此感到羞愧。」

媽媽這麼生氣讓茉莉覺得很難過。爬上床的時候，她哭了起來。但是只要想到許願椅能放回遊戲室，她就覺得安慰許多。她和彼得必須整天待在床上，這讓他們覺得很煩。但是到了第二天，他們就把許願椅帶回遊戲室，然後叫來了奇奇。

「奇奇，我們把許願椅拿回來了！」他們大喊。「萬歲！但我們的確惹上了大麻煩。我們昨天都被懲罰要待在床上一整天，媽媽氣壞了。為了補償她，我們從現在開始要表現得特別乖才行。我們不是故意讓她生氣的，只是想要把許願椅拿回來！」

「你們做得很好！」奇奇開心的說。他看著許願椅，微微一笑。

「我的天！」他說。「你們真的把許願椅弄得很糟呢！許願椅看起來真可怕！茉莉，妳最好拿針線把坐墊補起來，彼得和我最好用砂紙磨一磨椅腳，想辦法把刮痕掩蓋住。」

那天早上，兩個孩子和奇奇努力修理許願椅，到了晚餐時間，許願椅已經看起來好多了。茉莉拿出他們習慣用的那個靠枕，放回許願椅上，然後愉快的拍了拍手。

「親愛的許願椅回來啦！」她說。「你能回來真是讓人高興！彎彎先生差點就把你帶走了，媽媽也差點就把你帶走了，但最後，我們還是把你帶回來了！」

「我現在非常期待下一次的冒險！」彼得說。「希望它能趕快長出翅膀！」

「它很快就會長出翅膀了！」奇奇說。「我覺得它跟我們一樣很期待下一次冒險！」

20 糟糕的吵架

一天早上，茉莉、彼得和奇奇都待在花園最尾端的遊戲室裡。那天整個早上都在下雨，夏天遇到這種天氣是最糟糕的事，兩個孩子和妖精都非常不想待在室內。

他們玩了十字棋、搶牌遊戲、西洋跳棋、爬梯蛇和多米諾骨牌。現在，似乎沒有遊戲可玩了，他們覺得既厭煩又無聊。

「彼得，打起精神來！」茉莉看著彼得生氣的表情。「你現在看起來就像沒有尾巴的猴子。」

「那妳看起來就像喉嚨痛的長頸鹿。」彼得粗魯的說。

「別那麼壞心！」茉莉說。

「是妳先開始的。」彼得說。

「我才沒有。」茱莉說。

「妳有。」彼得說。

「好了，你們兩個都安靜。」奇奇說。「我不喜歡你們吵架，吵架讓你們兩個看起來很蠢。」

「別插嘴。」彼得生氣的說。「奇奇，你的話太多了。」

「正是，你要記清楚，我們有兩隻耳朵，但只有一張嘴，所以說出口的話只能是聽見的一半。」茱莉說。

「妳也一樣。」奇奇說。「女生的話都太多了。」

「才沒有。」茱莉說。「奇奇，你怎麼可以說那麼壞心的話。」

「妳今天也很壞心啊。」奇奇說。「你們兩個都很壞心。」

「是嗎，如果你這麼想的話，那你可以去別的地方玩啊。」茱莉立刻說。「我們才不想跟你一起玩！」

「好啊，走就走！」奇奇怒氣沖沖的說。在兩個孩子錯愕的目光下，他站起身走出遊戲室。

「好啦！看看妳做了什麼好事！」彼得也站起身說。「妳把奇奇氣走了，要是他不回來怎麼辦！」

他跑到門邊大叫：「奇奇！喂，奇奇！回來一下！」
但沒有人回應。奇奇已經走了，到處都沒有看到奇奇。
「妳真是又壞心又愚蠢。」彼得對茉莉說。「妳居然把奇奇氣走了！」
「我不是故意的。」茉莉的眼中滿是淚水。「他剛剛很壞心，我也是，我們全都很壞心。」
「我才不壞心。」彼得說。
「有，你有。」茉莉說。
「不，我沒有。」彼得說。
「有，你有。」茉莉說。「你再說，我就打你。」
「好了、好了！」一個聲音說，接著媽媽從門口探頭進來。「這樣吵架真的很愚蠢！傑克叔叔來了，他問你們想不想跟他一起去農場。那裡有幾隻小狗，他想要選一隻來養。你們去幫他選一隻小狗好嗎？」
「喔，當然好！」彼得和茉莉大喊。「我們立刻就去穿雨衣跟雨鞋，和他一起去！」
他們就這麼走了，完全忘了剛剛的吵架，也忘記了奇奇！他們和傑克叔叔一起去了農場，還選了一隻可愛的小黑狗。在回家的路上，他們一邊聊天一邊大笑，完全忘記早上有多壞心，開心的享受著這趟旅程。

回到家時，已經是吃飯時間了。在吃過飯後，他們跑到遊戲室，想要找奇奇到花園外面的草地上玩。

但奇奇不在遊戲室裡。彼得和茉莉互看了對方一眼，兩個人的臉都漲紅了。

「你覺得，他會不會真的走了？」茉莉覺得很難過。

「我不知道。」彼得說。「我去外面吹口哨叫他，看看他會不會從樹叢裡跑出來！」

彼得走到門邊，依照奇奇教過他的那樣吹起了小妖精的口哨，但是奇奇沒有跑出來。這真是太可怕了！

「要是他永遠、永遠都不來了怎麼辦！」茉莉哭著說。「喔，我真的很希望、很希望我從來沒有對他說過那些話、沒有叫他走開。我不是真的想要他走。」

「除非奇奇回來，不然我不想坐許願椅去冒險了。」彼得說。「沒有他就不好玩了。」

「彼得，你覺得他會不會永遠都不回來看我們了？」茉莉說。

「我覺得有可能。」彼得說。「妳知道的，妖精很奇妙，他們跟一般人不一樣。」

兩個孩子覺得非常難過。這時，突然發生了一件事，吸引了他們的注意力，讓他們忘了失望。因為許願椅長出翅膀了！

「快看！」茉莉興奮的說。「許願椅準備好要飛走了。彼得，我們要坐上去嗎？」

「奇奇不在，我不想去冒險。」彼得難過的說。

「但是，彼得，我有一個很棒的主意！」茉莉跑到彼得身邊。「我跟你說！我們可以坐上許願椅，叫它飛去奇奇家。我覺得奇奇應該回家了，你覺得呢？然後我們就可以跟他道歉，拜託他回來這裡。」

「這真是個好主意。」彼得立刻回答。「來吧，茉莉。坐上許願椅吧！我們立刻就走。」

兩個孩子擠上了許願椅，椅腳上的四隻翅膀正在緩緩的前後搧動，渴望再次飛上天空。

「去奇奇家。」彼得命令。許願椅升到空中、飛出門，上升到比樹還

要高的天空去。能夠再次飛上天空是件很有趣的事，兩個孩子向下看著花園和草地，真希望奇奇現在也在這裡，一如往常的坐在椅背上！

「不知道奇奇的家在哪裡。」彼得說。「他從來沒有告訴過我們。」

「我們很快就會知道了。」茉莉說。

許願椅在雲層下方不斷往前飛啊飛。很快的，許願椅就來到了充滿高塔與尖屋頂的仙子國度。接著，它突然往一個小村莊飛下去，村莊裡有許多古怪又歪斜的房子，每一棟都很小，前面都有一座長滿花朵的亮麗花園。許願椅往下飛到其中一座花園裡、降落到地面。兩個孩子立刻跳下許願椅。

他們走到了紅色小門前，敲了敲門。

「奇奇看到我們一定會很驚訝！」茉莉說。

門打開了，一位上了年紀的女妖精看著他們，她的表情親切，雙眼明亮。

「喔！」茉莉失望的說。「我們以為這是奇奇的家。」

「這裡的確是奇奇的家！」女妖精說。「我是他的媽媽，請進。」

他們走進了整齊乾淨的小廚房裡，奇奇的媽媽把薑汁麵包和檸檬汁放在他們面前。

「謝謝。」彼得說。「請問妳知道奇奇在哪裡嗎？」

「他跑來請我幫他鋪床，說今晚要住在這裡。」女妖精說。「他說他跟你們吵了一架，想要回來家裡住。」

兩個孩子的臉變得通紅。「那些話不是真心的。」茉莉用微弱的聲音說。

「我認為奇奇也有錯。」奇奇媽媽說。「他去幫自己買一條新的手帕了，不過我等很久很久，他都還沒回來。我在想，他會不會是回你們家了。」

「沒有，他沒有回去。」彼得說。「不知道他遇到什麼事了。如果妳不介意的話，我們想在這裡等他一下，看能不能等到他回來。」

奇奇依然沒有回來。但沒多久後，一位圓滾滾的胖妖精氣喘吁吁的跑進了廚房裡。

「喔，閃閃女士！」他看著奇奇媽媽大喊。「奇奇遇上了恐怖的事情！」

「什麼！」每個人都緊張的大喊。

「他買了一條漂亮的紅色手帕之後便回家了！但是在回家的路上，一隻黃色大鳥從空中俯衝下來，叼住了奇奇的腰帶，帶著他飛走了！」胖妖精大喊。

「我的天啊！我的天啊！」閃閃女士哭著說。「我知道那隻鳥！那是劈啪妖術師的鳥，他要抓人去幫忙的時候，都會派那隻鳥出來。可憐的奇奇！」

「別哭！」彼得抱住這位年長的女妖精。「我們會去找奇奇的，許願椅會帶我們去找他，我們會想辦法把他平安帶回來的。幸好我們有來找奇奇！茉莉，走了！快坐上許願椅吧，我們可以叫它載我們去找奇奇。」

他們一起坐上許願椅。彼得命令許願椅飛到奇奇的所在地，許願椅便飛上了空中。

「又是一場冒險！」茉莉說。「希望這場冒險會有好結局。」

21 邪惡的劈啪妖術師

許願椅升到高空中，穩穩的往西邊飛去。目的地很遠，所以它飛得比平常還要快，四隻椅腳上的翅膀都迅速的拍動。

「不知道妖術師住在哪裡。」茉莉說。「希望我們不會被他抓住！」

「要是沒有跟奇奇吵架的話，就不會發生這種事了。」彼得說。「沒有吵架他就不會回家，也不會去買新手帕，更不會被一隻黃色大鳥叼住，然後帶走！」

「我以後再也不吵架了。」茉莉說。她想起了今天早上說過的那些壞心的話，覺得非常傷心。

許願椅飛越一座森林。茉莉靠著許願椅的扶手往下看。

「你得，你看。」她說。「森林裡面那個凸出來的怪東西是什麼？」

彼得低頭看了看。「那是一座非常、非常高的石塔。」他說。「真是奇怪，就只有一座塔而已，旁邊也沒有其他建築能跟高塔一起組成一座城堡。我說啊！許願椅正朝著那座高塔飛呢！妳覺得妖術師會不會就住在那裡呢？」

「他一定住在那裡。」茉莉說。兩個孩子急切的看著下方，想要看清楚這座塔。這是一座很古怪的高塔，上面有一個尖尖的屋頂，但沒有煙囪。許願椅圍著高塔繞了一圈，向下飛，想要找到一扇窗戶飛進去。但高塔上一扇窗戶也沒有！

「這座高塔真是奇妙！」茉莉說。「整座塔連一扇窗戶都沒有！好吧，至少下面一定有門能讓人進去吧。」

許願椅往下飛、降落到地面上，兩個孩子從許願椅上跳下來。他們走到高塔旁邊，想要找門，但這座高塔也沒有門！

高塔很圓，而且非常高，比最高的樹還要高，但上面沒有門也沒有窗戶，根本沒辦法進去。茉莉和彼得繞著高塔走了好多、好多圈，但不管怎麼找，都沒有找到能進去高塔的方法。

「你覺得奇奇是不是在裡面？」茉莉最後說。

「他一定在裡面。」彼得難過的說。「我們剛剛叫許願椅帶我們到奇奇所在的地方。」

「好吧，那我們要怎麼進去呢？」茉莉問。「我們要不要大叫奇奇的名字？」

「不行。」彼得馬上說。「這麼做的話，妖術師馬上就知道我們在這裡了，他可能會把我們抓走。茉莉，別讓他發現我們。」

「好吧，那要怎麼讓奇奇知道我們在這裡呢？」茉莉說。「彼得，我們一定要做點什麼，站在這裡尋找不存在的門和窗戶，一點幫助也沒有。」

「噓！」彼得突然拉著茉莉往一棵樹後面躲，他聽到了奇怪的聲音。茉莉抓住許願椅，及時的把許願椅也拖到了樹後面！

他們聽到了很大的聲響，就像是打雷時的劈啪聲。高高的圓塔上出現了一扇巨大的門，高度幾乎有塔的一半那麼高。門打開了，走出來的正是劈啪妖術師！他又高又瘦，留著一把拖地的長鬍子。他把鬍子編成了辮子，看起來十分怪異。

「好好完成那段咒語！」他對塔中的某個人喊道。接著，又傳來了一陣響亮的劈啪聲，就像滾滾雷鳴，然後高塔的門關了起來，接著就消失了！妖術師大步穿越森林離開了，他的個子幾乎和樹一樣高！

「幸好！」茉莉說。「我們來得及躲到樹後面。彼得，我們根本進不去那座塔。我們永遠沒辦法知道要怎麼讓那扇門出現。」

「我們該怎麼辦呢？」彼得嘆了一口氣。「想到可憐的奇奇被關在裡面我就覺得好難過，這都是因為我們和他吵了一架。」

「我們先把許願椅藏在樹叢裡吧，然後看看能不能在附近找到住家。」茉莉說。「說不定住在附近的人能幫助我們。」

他們小心翼翼的把許願椅藏在黑莓灌木叢下面，又堆了一些蕨類的葉子在上面。然後他們發現了一條小路，便沿著這條小路走。天知道這條小路會通往什麼地方。

這條小路的盡頭是一棟漂亮的小房子。入口處寫著「酒窩小屋」。茉莉喜歡這個名字，她覺得這棟小屋應該很安全。

他們敲了敲門。門打開了，開門的竟然是一隻棕色的老鼠，這讓他們覺得非常訝異！她穿著一件格紋圍裙、戴著格紋帽，腳上套著一雙大拖鞋。兩個孩子呆呆的看著她。雖然他們已經看過很多奇妙的事物，但他們永遠都沒辦法習慣這種事。

「下午好。」彼得問候了老鼠，就不知道該說什麼了。

「你們是來找我家小姐的嗎？」老鼠問。

「啊，是的，這或許是個好主意。」彼得說。老鼠請他們進到屋子裡，帶著他們走進一間小小的客廳。

「我們等一下要說什麼？」彼得小聲的問，但茉莉還來不及回答，就有人走進了房間。

來的這個人是一隻小精靈，她有一雙精緻的銀色翅膀、一頭亮金色的頭髮。當她笑起來時，臉上有一個大大的酒窩。茉莉和彼得立刻就喜歡上她了。

「下午好。」她說。「有什麼需要我幫忙的地方嗎？」

兩個孩子馬上告訴小精靈他們遇到的問題。他們一開始和妖精奇奇吵架，然後奇奇跑回家，之後奇奇又被劈啪妖術師的黃色大鳥抓走，最後許願椅把他們帶到這棟奇怪的高塔外。

「但是我們不知道要怎麼進去塔裡，而且我們也擔心自己會被劈啪妖術師抓走。」彼得說。「不知道妳能不能幫我們呢？」

「可能沒辦法。」名叫酒窩的小精靈說。「想要進去妖術師的高塔需要很強大的咒語，沒人知道那麼強大的咒語。我已經在這裡住了三百年了，除了妖術師、他的僕人與朋友之外，從來沒有人進去過那座塔。如果我是你們，我是不會那麼做的。」

「但我們一定要進去。」茉莉說。「因為奇奇是我們的朋友，我們一定要幫他。」

「沒錯！我們必須幫助我們的朋友。」小精靈酒窩說。「等等……說不定我的老鼠有方法能幫助我們。哈莉特！哈莉特！」

小老鼠僕人跑了過來。「是的，女士。」她說。

「哈莉特，這兩個孩子想要進妖術師的高塔裡。」酒窩說。「妳知道有什麼辦法能進去嗎？」

「啊，知道的，女士，我知道。」哈莉特說。

「喔，真的嗎！」茉莉開心的大喊。「哈莉特，請告訴我們要怎麼進去！」

「我的阿姨住在那座高塔的地下室。」小老鼠說。「我有時候會在下午休息時間去拜訪她。」

「妳是怎麼進去那座塔裡面的呢？」酒窩問。

「當然是從老鼠洞進去囉。」哈莉特說。「高塔附近有一個老鼠洞，我每次都是從那邊鑽進去的。」

「喔。」兩個孩子失望的看著小老鼠。「我們進不去老鼠洞，我們太大了。雖然妳是隻大老鼠，但我們不可能進得了老鼠洞的！」

茉莉實在太失望了，她拿出手帕哭了起來。酒窩安慰的拍拍她的背。「別哭了。」她說。「我可以用咒語把你們變小，然後你們就可以跟著哈莉特一起鑽進老鼠洞，看看能不能找到奇奇了。」

「喔，謝謝妳、謝謝妳！」兩個孩子開心的大喊。「妳對我們真好！」

酒窩走到櫃子前拿出一個盒子。她搖了搖盒子，盒子裡掉出了兩個藥片。藥片的其中一面是綠色，另一面是紅色，看起來十分古怪。

「這兩個藥片是給你們的。」她說。「把它吃下去，你們就會變小，就能鑽進老鼠洞了。藥片的味道很可怕，希望你們不會介意。」

兩個孩子一人吃了一片藥。藥片的味道的確很怪異，不過也的確很神奇，茉莉和彼得吃下藥片沒多久，就感受到彷彿坐電梯往下沉的感覺，他們變得非常非常小。兩個人抬頭看向酒窩，酒窩現在看起來就像巨人一樣！

「哈莉特，妳可以脫掉圍裙和帽子了，請帶他們去找妳的阿姨。」酒窩說。哈莉特小心翼翼的把圍裙和帽子摺好，然後和孩子們一起走出小屋。她帶著他們走到高塔的牆下，那裡有一個小小的洞口。

「從這裡下去！」她說。接著，他們全都一起鑽進了洞裡！

22 妖術師與奇怪的高塔

洞很黑，而且有一股奇怪的味道。茉莉緊緊牽著彼得的手，變得這麼小讓人覺得有點奇妙。

老鼠哈莉特走在前面，當她時不時回頭時，他們可以看到她閃閃發亮的雙眼。途中，彼得不小心踩到了她的尾巴，讓她生氣的吱吱叫了一聲。

「哈莉特，很抱歉。」彼得說。「我一直忘記妳的尾巴很長。」

最後，地道慢慢變寬，他們走進了一個房間。房間裡非常溫暖。一隻大老鼠跳到哈莉特面前，給她一個擁抱。

「喔，阿姨，妳在家呢！」哈莉特說。「我帶了兩個孩子過來。他們想要進去高塔，所以我讓他們借用我們的老鼠地道。這是唯一能進去的方式了。」

「下午好呀。」哈莉特的阿姨說。她看起來跟一般的老鼠一樣，唯一的差別在於，她戴了一副大大的眼鏡。她的家主要是用紙做成的，這裡有好幾百張小紙片，床和桌子都是用紙片做的，看起來相當精巧。

「這兩個孩子要做什麼呢？」哈莉特的阿姨說。

「我們想知道要怎麼進去地窖。」彼得說。「事情是這樣的，只要妳能告訴我們怎麼去地窖，我們就能進入高塔，或許就能找到我們的朋友了。」

「嗯，那請跟我往這邊走。」阿姨說。「但你們要小心貓咪喔，牠有時候會在地窖裡，你可不想被牠抓到的。」

哈莉特的阿姨帶著他們穿越狹小的走道。最後，兩個孩子走出了一個洞口，眼前是黑暗又潮濕的地窖。

「再見了。」老鼠說。「孩子們，我會在洞口放一根小蠟燭，這樣，當你們想要回來的時候，就知道該往哪裡走了。祝你們順利找到朋友。」

茉莉握住了彼得的手。地窖很暗，只有右方傳來一絲光線。

「光線那邊一定是能通往樓上的地窖樓梯。」彼得說。「走吧。我們過去的時候要小心，不要撞到東西。還有，要注意貓咪！妳知道的，我們現在很小、很小。」

他們找到了樓梯。對於兩個縮小了的孩子來說，樓梯顯得很大、很大，彼得和茉莉必須彼此幫忙才能爬上去。最後，他們終於爬到最上面一階了。他們抬頭看著樓梯頂端的門，門後面是一間廚房。

「你覺得妖術師回來了嗎？」茉莉小聲的說。

「還沒。」彼得說。「要是他回來了，我們應該會聽到劈啪聲。我覺得，我們應該還很安全。但要是聽到他回來，一定要馬上躲起來。還有，茉莉，要注意貓咪。」

「你覺得，我們有可能從門下面鑽過去嗎？」茉莉問。但他們鑽不過去。門下的隙縫不夠大，不過門並沒有牢牢關起來，他們兩個人使盡力氣用力推門，勉強把門推開了一條縫。

他們看了看周圍。這裡是一間很大的廚房，也說不定是因為他們現在變得很小，才會覺得廚房很大。但他們沒有看到奇奇。

「走吧。」彼得牽住茉莉的手。「我們去另一間房間看看。」

「喵！」旁邊突然傳出一聲貓叫，一隻有著綠色眼睛的巨大虎斑貓從椅子後面冒了出來。茉莉覺得自己的膝蓋在發抖。現在，她終於知道老鼠看到貓是什麼感覺了，那隻貓看起來好大啊！

「不要讓牠發現妳很害怕。」彼得說。「牠已經聞到我們的味道了，我們聞起來不像老鼠。茉莉，待在這裡，我過去摸摸牠。」

「喔，彼得，你真勇敢！」茉莉說。彼得鼓起勇氣走向貓咪，摸了摸牠的腿。牠好像覺得很滿意，開始發出響亮的呼嚕聲。彼得向茉莉招招手。她跑過去，也摸了摸貓。這隻貓對他們很友善。

牠走到隔壁房間，對著

跟在後面的茉莉和彼得不斷呼嚕叫。這個房間很小，裡面的光源只有一根蠟燭。因為這座高塔沒有窗戶，所以看不到外面的陽光。

小房間裡面也沒有人。地板上有一個盛裝著牛奶的碟子，旁邊是一個圓型的大籃子，裡面放著一顆圓滾滾的靠枕。

「這一定是貓咪的房間。」茉莉說。「裡面沒有家具。真想知道奇奇在哪裡。」

貓咪的小房間裡有一個往上的階梯。兩個孩子費了好大的力氣才爬上了階梯，因為他們很小，階梯對他們來說很高。

還沒爬到最上面，兩個孩子就聽到了一陣哭聲。是奇奇！他在哭，那就表示他一定很難過，因為奇奇幾乎不哭的。

茉莉和彼得非常努力的想要盡快爬上去。等到他們終於爬到最上面之後，他們發現面前是一扇敞開的大門。他們跑進了門內，奇奇正躺在一張小床上，哭得心都碎了。

「奇奇，奇奇！不要哭，我們來救你了！」彼得扯著喉嚨大喊，希望奇奇能聽到他說話。他現在說話的聲音很小聲。

奇奇聽到了。他立刻坐了起來，臉上還掛滿了淚痕。他看到茉莉和彼得之後，驚訝的盯著他們看。

「奇奇！」茉莉奔向他。「我們是來救你出去的。打起精神！有個小精靈把我們變小了，讓我們從老鼠洞鑽了進來。我們要怎麼樣才能把你救出去呢？」

「喔，你們居然來這裡找我，你們真是最好、最好的朋友。」奇奇擦乾眼淚。「我真討厭這裡，也討厭那個妖術師。他想要我幫他施展壞心的咒語，但我不願意。我本來很擔心他會把我關在這邊好幾百年，那樣我就再也見不到你們了。」

「快告訴我們要怎麼逃出去。」彼得說。

「這個嘛，看來唯一能進來的路，就是你們剛剛進來的那個老鼠洞。」奇奇說。「所以，我想唯一能出去的路，應該也是老鼠洞。但我太大了，沒辦法進去洞裡。」

「那我回去酒窩的家，跟她再要一個藥片，你就能和我們一樣變小了。」彼得立刻說。「我把藥片拿過來讓你吃，接著我們全都從洞裡逃走、去找酒窩，讓她把我們變回原來的大小、找到許願椅，就可以回家了。如何？」

「聽起來很簡單。」奇奇說。「可是我覺得事情不會那麼順利，但我們還是可以試試。讓茉莉跟我留在這裡吧，彼得，你可以回去老鼠洞。」

「我們可以送他走到地窖門口。」茉莉說。他們一起走下樓梯，當他們經過貓咪的小房間時，奇奇的臉色突然變得很蒼白。

「妖術師回來了！」他說。「喔，你們要躲在哪裡才好？」

「快快快，找個地方躲起來！」茉莉說。在茉莉說話的時候，外面傳來了像閃電一樣的劈啪聲。高塔分成兩半，一扇門出現了。門打開之後，又高又瘦的妖術師大步走了進來，他的鬍子辮子拖在地板上。

在他發現兩個孩子之前，彼得就拉著茉莉衝進了貓咪的籃子裡。貓咪正舒適的躺在裡面。兩個孩子爬了進去，在貓咪旁邊躺下，躲在牠厚重的貓毛裡。奇奇則獨自一人站在房間中。

「我聞到小孩的味道。」妖術師說。

「大人，小孩怎麼可能進來這座高塔呢？」奇奇一臉驚訝的說。

妖術師嗅了嗅，在兩個房間裡找了一圈。劈啪妖術師在經過貓咪身邊的時候摸了摸牠，但貓咪一直待在籃子裡，茉莉和彼得緊緊靠在牠的毛皮中，希望牠最好一動也不要動。

妖術師沒有想到要去翻找貓咪的籃子。很快的，他就放棄尋找了，他跑上樓梯，叫奇奇跟他一起上樓去。

「彼得，趁現在快走。」奇奇在跟上劈啪妖術師之前，小聲的說。「茉莉可以跟貓一起留在這裡。她會很安全的。」

彼得用最快的速度穿越兩個房間、走到地窖的門前，他擠過小小的門縫，想方設法的爬下了樓梯。他能看到老鼠洞裡的小小燭光正在閃動，當他穿越房間跑到洞口、進了老鼠洞之後，便一路走到了老鼠的房間。哈莉特還在那裡跟她的阿姨聊天。

「請問，能拜託妳帶我回去找酒窩嗎？」彼得問。「這件事很重要。」

哈莉特伸出爪子，牽著他一路往上走。出了洞口，他們趕回了酒窩的家。彼得迅速的告訴酒窩剛剛遇到的事，她拿出另一個紅綠相間的藥片給他，要他小心別被劈啪妖術師發現了。

接著，彼得又跑回了老鼠洞。很快的，奇奇就可以安全逃出來了！

23 逃離妖術師的高塔

彼得從酒窩家出來的時候，手上捧著能夠把奇奇變得跟他一樣小的藥片。到時候，他們就可以從老鼠洞逃出來了！

他跑進洞裡、抵達了地窖。接著他爬上通往廚房的樓梯，然後從門縫偷看。廚房裡沒有人。

他一路跑到了貓咪的小房間裡。灰色的大虎斑貓還躺在籃子裡面，茉莉也還在那裡，安全的躲在貓咪厚厚的貓毛之中。太好了！

「奇奇跟妖術師都還在樓上。」她小聲的說。就在這個時候，他們聽到樓梯上傳來腳步聲，妖術師下樓了。

貓咪從籃子裡跳了出來，走過去迎接劈啪妖術師，牠磨蹭著劈啪妖術師的腿，發出響亮的呼嚕聲。茉莉和彼得窩在籃子裡，想要躲到靠枕下面。但是，唉呀！妖術師看到他們啦！

「啊哈！我就知道！我明明有聞到小孩子的味道。」他說。劈啪妖術師走到籃子旁邊，低頭看了看。

「你們真小！」他說。「我不知道這世界上竟然有這麼小的小孩。小男孩，你手上拿的是什麼？」

喔，天啊！彼得手上緊緊握住的正是能夠讓奇奇變小、鑽進老鼠洞的紅綠相間小藥片！彼得把手藏到背後，瞪著高大的妖術師。

但這是沒有用的。他一定要給妖術師看手上的東西。妖術師一看到紅綠相間的小藥片，馬上就會猜到那是什麼東西了！

「哇喔！」他說。「所以說，你們先把自己變小，對吧！我猜你們是從老鼠洞跑進來的。現在，你們也想要把奇奇變小，讓他可以從老鼠洞逃出去。好吧，我要毀掉你們的計畫！你們會再次變大，這樣你們就不能從老鼠洞爬出去了！你們要留在這裡，跟奇奇一起幫我做事。」

他點了點茉莉的頭，又點了點彼得的頭。他們變回了原本的大小，只能緊張又擔憂的瞪著劈啪妖術師。他們的計畫失敗了，真是糟糕！他們一直覺得自己很聰明。

「好啦。」劈啪妖術師看著他們說。「我向你們保證，你們現在逃不掉了。除了我之外，沒人知道開啟這座高塔大門的祕訣。奇奇！奇奇！過來看看你可愛的朋友！」

奇奇從樓梯上跑下來，一見到恢復成原本大小的茉莉和彼得正站在妖術師面前，他就沮喪的停下了腳步。

「你們制定了一個很不錯的逃跑計畫嘛，對不對呀？」劈啪說。「好啦，你們可以開始專心替我工作了，把你們的腦袋都用在我的咒語上吧！去幫奇奇替我的臥室地板打蠟，然後再把我用來施展魔法的銀製魔杖全都清乾淨。」

三個人安靜又難過的爬上了樓梯。

奇奇給兩個孩子一人一條黃色大抹布，他們四肢著地的趴著，開始替木地板打蠟。

「在劈啪妖術師出去之前，一句話都別說。」奇奇悄悄的說。「他的聽力跟兔子一樣靈敏。」

他們一句話都沒說，直到聽見了巨大的劈啪聲，確定妖術師又再度出去了為止。接著他們站起身，看著彼此。

「我們現在該怎麼辦呢？」彼得呻吟道。

「我跟你們說！」奇奇快速的說。「我想到了一個計畫。許願椅現在在哪裡？」

「在高塔外面的黑莓樹叢裡。」彼得說。「但許願椅有什麼用？我們出不去，許願椅當然也進不來。」

「我可不這麼認為！」奇奇說。「你們剛剛跟我提到的那隻老鼠，她是酒窩的僕人，對吧？彼得，要是你能找到她，請她去找酒窩，告訴酒窩我們遇到什麼事情的話，或許可以幫我們把許

願椅變小，讓哈莉特把許願椅從老鼠洞裡帶來地窖。我知道能把許願椅變回原本大小的咒語。到時候，等劈啪妖術師又施展法術從這座高塔的門出去時，我們就能飛出去了！怎麼樣？」

「喔，奇奇、奇奇，你真是太聰明了！」茉莉開心的大喊。「彼得，快去地窖找哈莉特。她可能還在下面。就算她不在，她的阿姨也一定還在那裡！」

彼得立刻跑到地窖去找哈莉特。

她不在那裡，但她的阿姨在——就是那隻戴著眼鏡的棕色老鼠。彼得告訴她剛剛發生的事，拜託她把這件事告訴小精靈酒窩。她立刻跑走了，彼得緊張的在地窖等著。

但在哈莉特的阿姨回來之前，劈啪妖術師就回來了。他命令他們替魔杖打蠟。但在此之前，他已經把魔杖裡的魔法全都消除了！他可不會讓奇奇有機會用魔杖來施展魔法。

劈啪妖術師喝了一杯茶之後，又出去了。彼得立刻趕到地窖去，哈莉特已經在那裡等他了，這讓彼得開心極了。哈莉特已經把許願椅帶到老鼠洞口，許願椅看起來就像洋娃娃的椅子一樣小。

「阿姨告訴我，你們的狀況了。」哈莉特悄悄的說。「我把這件事告訴我家小姐，我們在外面找到了許願椅。酒窩把許願椅變小，讓我能從老鼠洞把許願椅帶過來。許願椅在這裡。祝你們好運！」

她把縮小的許願椅推出洞口。

彼得開心的把許願椅拿起來、跑上了地窖的樓梯。奇奇和茉莉看到許願椅的時候高興極了！

「好了，」奇奇說，「我要把它變大了。」他把手伸進口袋，拿出了一條藍綠相間的抹布，抹布的正中間有一大塊散發出怪異味道的污漬。奇奇開始用抹布努力擦拭許願椅。

他越擦，許願椅就變得越來越大、越來越大、越來越大！兩個孩子一臉驚奇的看著奇奇和許願椅。

最後，許願椅終於變回了原本的大小。「我們要把許願椅藏在哪裡才好？」茉莉問。

「我說啊！我們可以不把許願椅藏起來啊！」彼得突然說。「不如我們全都坐上許願椅，等著劈啪妖術師回來，怎麼樣？只要他一打開門，我們就立刻叫許願椅飛出去！這樣，我們就能離開這裡了。等到妖術師發現的時候，已經來不及阻止我們了！」

「這個方法真是太出色了！」奇奇立刻說。「就這麼做。來吧！你們兩個都坐上來，妖術師隨時都有可能回來，我們一定要做好準備。」

「許願椅的翅膀還在呢。」茉莉慶幸的說。「要是妖術師進來的時候我們沒辦法飛走，那一定糟透了。」

「別在許願椅面前這麼說。」彼得說。「妳知道它有時候會變得很愚蠢，它上次還想帶著我們降落到煙囪裡呢，妳忘記了嗎？」

「噓！」奇奇說。「我聽到劈啪妖術師回來的聲音了。」

啪！高塔分成了兩半，一扇巨大的門出現在裂縫中。門打開了，劈啪妖術師大步踏進塔內，口中叫著：「喂，奇奇、奇奇！」

「回家，許願椅，回家！」奇奇大喊。「嗨，劈啪妖術師，我在這裡！」

許願椅升到半空中，從震驚的妖術師左耳旁飛了過去，在劈啪妖術師還來不及關上門的時候，他們就飛出高塔外，平安的回到了外面的森林上方了！

「酒窩和哈莉特正在下面朝我們用力揮手呢！」彼得說。「快向她們招手！」

三個人一起向酒窩與哈莉特揮手說再見。「等我們回去之後，我們可以寄明信片給她們。」奇奇說。「她們幫了很多忙，真是好心。」

「我們就這麼逃走，劈啪妖術師一定氣死了！」茉莉說。

「我說啊！要不要回去告訴你媽媽，你現在安全了呢？」彼得說。「她非常擔心你。」

「今晚，等你們兩個上床之後，我就會回去找她。」奇奇說。「先把你們安全送回家再說。天啊，今天的冒險可真是不得了！」

「我再也不要跟別人吵架了。」許願椅飛進遊戲室時，茉莉說。她跳下許願椅，抱住奇奇。「你一直沒有回來，實在太可怕了。我說的那些話都不是真心的。奇奇，你永遠都會是我們的朋友，對嗎？」

「那當然啦。」奇奇說，他淘氣的臉上掛著一個大大的微笑。「其實我本來打算明天就回來的。我當時太生氣了，我們當時都很生氣。」

「我覺得很抱歉。」彼得說。「總之，我們現在又聚在一起了，我們還是好朋友。」

「你們最好趕快回家，讓媽媽知道你們很好。」奇奇說。「媽媽們最會擔心了。你們已經錯過下午茶時間了，媽媽一定會擔心你們的。再見了！真的很謝謝你們來救我。」

彼得和茉莉開心的跑回家了。

幸好大家都沒事，這都要歸功於許願椅！要是沒有許願椅，他們該如何是好？

24 尋找哥布靈大耳

一天，茉莉、彼得跟奇奇一起在遊戲室裡玩遊戲的時候，聽到有人從花園跑過來的腳步聲。

「快！奇奇，快躲起來！有人來了！」茉莉喊道。

奇奇總是在有人靠近的時候躲起來，他往衣櫃跑去、躲在裡面。媽媽走進遊戲室的時候，彼得正好關上衣櫃門。

「孩子們！」她說，「我把戒指弄丟了！我一定是把戒指掉在花園裡了。請你們幫我找找戒指，看看能不能找到。」

彼得和茉莉很難過。他們知道媽媽很喜歡弄丟的那枚戒指。那枚戒指非常漂亮，上面鑲了鑽石和紅寶石。他們跑進花園裡開始尋找，但不管怎麼找，都找不到！

「我們去請奇奇幫我們吧。」茉莉說。他們跑回遊戲室，奇奇正坐在遊戲室裡看故事書。他們告訴奇奇他們找了好久，都找不到戒指。

「要是戒指在花園裡，我很快就能幫你們找到。」奇奇闔上故事書。「媽媽確定戒指掉在花園裡嗎？」

「她很確定。」彼得說。「奇奇，你要怎麼找到戒指呢？」

「你馬上就會知道了！」妖精笑著說。他走到遊戲室的門口，看了看周圍。外面一個人也沒有。他輕輕吹起了一段音調奇妙又婉轉的口哨。他伸出手，一隻羽毛上有斑點的畫眉飛了下來，停在他的手指上。

「聽好了，斑斑。」奇奇說。「有人在花園裡掉了一枚戒指。請幫我把所有小鳥找來，要牠們一起找戒指。」

斑斑鳴叫了一聲，便飛走了。過了幾分鐘，花園裡的所有小鳥都聚集在一叢紫丁香上。茉莉和彼得聽到了畫眉鳥在唱歌，聽起來像是用這首歌說故事。他們知道，畫眉鳥一定是在告訴其他小鳥要做什麼事。

接著，每隻麻雀、八哥、畫眉、黑鳥、知更鳥和燕雀全都在泥土上、樹叢下、花圃上、樹籬下和草地上跳來跳去。牠們這裡啄啄、那裡啄啄，叼起每片樹葉。無論茉莉和彼得有沒有找過的地方，全都翻遍了。

最後，畫眉鳥斑斑回來了。牠降落在奇奇的肩膀上，對他的耳朵唱了一首綿長又動聽的歌，然後就飛走了。

「牠剛剛說什麼？」茉莉問。

「牠說媽媽的戒指絕對不在花園裡。」奇奇說。「她一定沒有把戒指掉在這裡。」

「但她很確定戒指真的掉在這裡。」茉莉說。

「那麼，戒指一定被人撿走了。」奇奇說。「不知道昨天晚上有沒有哥布靈來過這裡。哥布靈撿到漂亮的珠寶時，絕不會誠實歸還。等我一下，我來確認看看！」

他走到遊戲室旁邊的草地。從房子那邊是看不到這片草地的，所以奇奇不會被發現。他用藍色的粉筆在草地上畫了一個圈。

「離圈圈遠一點。」他對站在一旁的兩個孩子說。「等我唸出哥布靈咒語的時候，若這陣子有哥布靈來過，圈圈裡就會冒出藍色的火和煙。你們不要靠得太近。如果圈圈裡什麼都沒有，那就表示最近沒有哥布靈來過這裡。」

茉莉和彼得站在一旁看著，奇奇繞著圈慢慢跳著舞，吟誦一連串既奇異又魔幻的句子。

「你看！你看！有煙冒出來了，還有藍色的火焰！」茱莉興奮的尖叫。「喔，奇奇，別靠得太近！」

圈圈裡面的確像是著火一樣開始冒煙，接著還出現了不斷搖曳的藍色火焰。奇奇停下了吟誦。他往圈圈裡丟了一把砂土煙，接著火和粉筆畫的圈圈都消失了，好似從來沒有出現過！

「好啦，」奇奇說，「的確有哥布靈來過這裡。藍色的粉筆圈圈裡有火焰，就表示一定有哥布靈來過。不知道會是哪個哥布靈，我去問問花園裡的小仙子，他們應該會知道。」

他跑了出去。兩個孩子沒有跟著出去，因為他們知道，小仙子都很害羞，所以，奇奇不喜歡讓他們見到小仙子。奇奇回來的時候跑得很快，臉頰因為興奮而變得通紅。

「沒錯！小仙子昨天晚上有看到哥布靈大耳來過這裡，他一定找到了戒指，把戒指拿走了。他們說，大耳看起來很開心，好像遇到了什麼好事。」

「喔，天啊！我們要怎麼樣才能把戒指拿回來還給媽媽呢？」茱莉絕望的說。

「我們一定可以把戒指拿回來的，別擔心。」奇奇說。「只要許願椅長出翅膀，我們就去找大耳。他很快就會把戒指還給我們了，他是個膽小鬼。」

「太好了！」兩個孩子開心的說。「喔，能夠再次冒險真是太棒了！大耳住在哪裡呢？」

「他住的地方離這裡不遠。」奇奇說。「在哥布靈小鎮。你們聽！那是午飯鈴聲，你們先去吃飯吧！我來試試看能不能讓許願椅早點長出翅膀來，有時候對著它唱歌，翅膀就能早點出現。」

兩個孩子無比興奮的跑回家了。要是許願椅能在下午就長出翅膀，今天一定會是有趣的一天。

吃過午飯後，他們跑回了遊戲室，奇奇在門口笑著迎接他們。

「許願椅長出翅膀了！」他說。「它很想要趕快出發，我們快走吧！」

彼得和茉莉跑進了遊戲室。許願椅看起來的確很想出發的樣子，它不斷拍動著翅膀，在地板上小力的跳呀跳。

「它一定以為自己是隻小鳥！」奇奇笑著說。「它很快就要開始啾啾叫啦！」

兩個孩子一起坐到椅座上，奇奇爬上椅背。「去哥布靈小鎮！」他喊道。

許願椅升到空中，快速的飛出門，差點把兩個孩子都甩下去了。

「穩穩的飛，許願椅，穩穩的飛！」奇奇說。「我們沒有趕時間。」

許願椅飛得好高好高，它載著孩子們飛到了雲朵上方，兩個孩子往下看的時候，只能看到滾滾白霧，就像是一片耀眼的巨大雪地。

「我們現在在哪裡呀？」茉莉向下看。「快到哥布靈小鎮了沒？」

「一定快到了。」奇奇說。「等許願椅降落到雲層以下，我們才能知道。啊！它開始下降啦！」

許願椅向下穿越冰冷的白色雲朵，兩個孩子也迫不及待的想要知道他們是不是已經抵達哥布靈小鎮了。

「快看，那裡有好多歪歪斜斜的奇怪小房子！」茉莉開心的喊道。「快看，還有好多哥布靈！喔，這裡一定是他們的市集或是類似的地方！」

許願椅向下飛進了人潮眾多的市集裡，哥布靈紛紛驚訝的聚集過來。

「午安。」奇奇從椅背上爬了下來。「請問你能告訴我，大耳住在哪裡嗎？」

「他住在山丘下方的那棟黃色小屋子裡。」一位綠色的小哥布靈伸手，往旁邊指了指。許願椅已經不再拍動翅膀了，它好像累了，因此兩個孩子便扛著許願椅走下山丘。他們走到了一棟黃色的小房子外，奇奇用力敲了敲門。

門開了！裡面站著一隻黃眼睛的哥布靈，他有一對好大的耳朵，耳朵比他的頭頂還要高。

「你好啊，大耳。」奇奇說。「我們要拿回你那天晚上在我們家花園撿走的戒指。」

「什、什、什、什麼戒、戒、戒、戒指？」哥布靈嚇了一跳，臉色蒼白、結結巴巴的說，「我不、不、不、不知道你說的是什麼戒指。」

「喔，才怪，你知道得一清二楚。」奇奇肯定的說。「你最好立刻把戒指還給我，否則我就要把你變成一隻彎彎的蚯蚓。」

「不、不、不！」大耳跪在地上大喊。「別把我變成蚯蚓。對！戒指是我拿走的，但我把戒指送給葛芬了，他住在那邊的城堡裡。」

「去找葛芬吧！」奇奇立刻跳上了許願椅。兩個孩子也跟著爬了上去，許願椅升到空中。雖然他們不知道葛芬是誰，但他們要去找葛芬了！

25 妖怪葛芬

許願椅出發去找葛芬了！

「如果媽媽的戒指真的在葛芬那邊的話，我們就想辦法把戒指要回來。」奇奇說。「不知道葛芬是誰，我從沒聽說過這位葛芬。」

許願椅繼續往前飛。很快的，三個人就看到前面的山丘上有一棟巨大的城堡。山丘下面有一圈又寬又深的護城河，護城河的上面有一座吊橋。當兩個孩子看過去時，吊橋正緩緩往城堡的那一側升起。

「顯然的，除了用飛的之外，我們沒有其他辦法能進到葛芬的城堡裡了。」奇奇說。「許願椅，飛到屋頂上。」

許願椅往城堡的屋頂飛了過去。城堡的屋頂是尖塔狀的，許願椅越過了尖塔，降落到後方較平坦的屋頂上。

葛芬正坐在屋頂上享受著日光浴。

兩個孩子驚訝的盯著葛芬，這是他們見過最奇怪的生物了。葛芬的身體像龍、尾巴像貓一樣，還不斷扭過來又扭過去，頭則像是黃色的鴨子頭。他正躺在一張躺椅上睡大覺！

許願椅降落在葛芬的椅子旁邊，兩個孩子依舊盯著葛芬。他們沒有馬上從許願椅上下來，說真的，他們無法一下子就接受葛芬的外貌。但是奇奇馬上就跳了下來，走到葛芬旁邊狠狠瞪了

他一眼。

「鼾鼾——」葛芬一邊睡一邊打呼。「鼾鼾——」

「喂！葛芬，起來！」奇奇大喊一聲，戳了戳葛芬的胸口。葛芬嚇醒了，高聲呱呱叫起來。

「呱呱呱呱！」他用兩隻龍腳跳了起來，瞪著奇奇。

「我來拿回哥布靈大耳給你的那枚戒指。」奇奇大膽的說。「能請你把戒指還給我們嗎？」

「你最好自己去拿。」葛芬不太高興的說。

「好，戒指在哪裡？」奇奇問。

「從那個樓梯往下走兩百個台階。」葛芬說。「你會看到一個上了門栓的門。把門栓打開後走進去，裡面就是我的臥室。你會在壁爐架上的大箱子裡找到戒指。戒指是大耳給我的，我覺得你應該拿東西來換。」

「我什麼都不會給你！」奇奇大聲的說。「你很清楚，大耳當初就不應該從我們的花園裡拿走這枚戒指。我認為你只是在幫大耳保管戒指而已，等到大家都忘記這枚戒指、不再尋找它，你就會把戒指還給他。你和大耳一樣狡猾。」

葛芬生氣的甩了甩像貓一樣的尾巴，還氣憤的大聲呱呱叫，但奇奇只用幾聲大笑回應，他好像一點也不怕葛芬。

「我下去拿戒指。」奇奇對兩個孩子說。「你們在這裡等。」

奇奇跑下樓梯，但當他消失在樓梯間後，葛芬也跟著跑下去了，他輕手輕腳的跟在奇奇後面。

「喔！他想要把奇奇抓起來！」茉莉大喊。「彼得，快大聲告訴奇奇這件事，快點警告他！」

彼得用最大的音量喊了幾聲，但是奇奇已經走遠了，聽不到他的聲音。葛芬看著奇奇拉開臥房的門栓，等奇奇打開壁爐架上的盒子時，葛芬立刻用力把門關起來，拴上門栓。

「呱！」他大聲笑了起來。「你這個沒禮貌的小妖精，現在被我抓住了吧！」

茉莉和彼得正跑下樓梯，打算要大聲警告奇奇。但這時，他們突然聽到臥室門被大力關起、門栓被拴上的聲音。

「茉莉，等等。」彼得緊緊抓住她的手臂。「奇奇被抓住了！現在跑下去沒有用，只會遇到往上走的葛芬而已。我們先溜進這間房間，葛芬說不定會直接經過、走回屋頂上。」

他們溜進了旁邊一間房間、躲在門後面。葛芬經過房間的時候探頭看了看房內，但他沒有看到縮在門後的兩個孩子。

「呱！」他大叫一聲，便繼續踩著樓梯往上走。

當茉莉和彼得覺得安全之後，馬上溜出房間，跑到奇奇被關起來的地方。奇奇正在房間內憤怒的用力捶打上了門栓的門。「放我出去、放我出去！」他咆哮著。

「奇奇，奇奇，小聲一點！」彼得說。「我們馬上就拉開門栓。」門栓又大又重。茉莉和彼得必須兩個人合作，才能順利拉開門栓。他們打開門，門後的奇奇看起來生氣極了。

「我竟然這麼輕易就被騙到裡面去了！」奇奇怒火中燒的說。「總之，我拿到戒指了！你們看！」

他拿出一枚戒指給他們看，那的確就是媽媽丟掉的那枚戒指！茉莉和彼得覺得非常高興。

「現在，我們只要回去頂樓，跟葛芬說清楚我對他的看法就可以了。」奇奇氣憤的說。「我可不怕葛芬，他不過是隻愚蠢的鴨頭怪罷了！」

「喔，奇奇，你要小心。」茉莉害怕的說。「我們已經拿到戒指了，就不能安靜的回到屋頂，坐上許願椅離開嗎？我覺得這樣比較好。」

「我們當然會坐上許願椅飛回家，」奇奇說，「但我要先跟葛芬說清楚幾件事。」

兩個孩子從沒看過小妖精這麼生氣的樣子。他快步爬上樓梯，走到屋頂，茉莉和彼得跟在他身後。

葛芬正生氣的呱呱大叫，到處尋找兩個孩子。在看到兩個孩子從樓梯間走出來時，他非常訝異，接著在看到奇奇時，他更加訝異了，葛芬以為自己已經把奇奇好好的關在樓下的房間裡。

「好啊，葛芬，」奇奇走向驚訝的葛芬，「你怎麼有膽子用那種方式抓住我？我是一隻妖精，而且是權力不小的妖精，我會的咒語能把你嚇死。我要把你變成一隻黑色甲蟲、一隻蝌蚪，還是一隻沒有蜂針的大黃蜂呢？」

葛芬看起來非常害怕，這讓兩個孩子覺得很訝異。和奇奇比起來，葛芬是一隻非常巨大的生物，那麼大的葛芬居然會害怕那麼小的奇奇，真是奇怪。

「我有個好主意，我可以坐著許願椅飛去找妖精國王，跟他抱怨你有多壞。」奇奇說。「到時候，妖精國王一定會以妨礙妖精的罪名沒收你的城堡。」

「沒有人能把我趕出我的城堡。」葛芬呱呱叫著說。「我的城堡旁邊有很大的護城河，我可以連續好幾個月都不把吊橋放下來。你這個笨蛋小妖精，想要嚇唬我，你還要再多努力一點！」

「很好，那我就更加努力吧！」奇奇說。「接下來，你這個笨蛋葛芬，接招吧！」

奇奇抓住了葛芬不斷搖晃的尾巴，用力扯了一下。奇奇真是太壞心了，他沒有必要這麼做。葛芬氣壞了，但他不敢動奇奇，也不敢動兩個孩子，因為他很害怕奇奇會對他施魔法。

不過葛芬可不害怕許願椅。他往許願椅跑去，在椅子旁邊站定。「我要讓你們沒辦法坐許願椅飛走！」他大聲呱呱叫。「啊哈！這下子，你們就糟糕了。」

「是嗎，我們才不怕你！」奇奇一邊大吼，一邊跑過去把葛芬推開。但是，我的天啊、我的天啊！你能猜到葛芬做了什麼事嗎？他用力啄了四下，把許願椅可憐的四隻翅膀都啄了下來，四隻翅膀變成了地板上的四堆紅色羽毛！

「喔！你這個邪惡的傢伙！」茉莉生氣的大喊。「你毀了我們可愛的許願椅！喔，你怎麼可以做出這種事！喔，奇奇，你為什麼要惹葛芬生氣？你看看他做了什麼好事！」

茉莉大哭了起來。許願椅的翅膀再也不能在椅腳上歡樂的撲動了，它們全都掉在地上了，這讓茉莉完全無法忍受，一旁的彼得則蒼白著一張臉。現在，他們要怎麼回家呢？

奇奇也一臉驚恐。他從沒想過會發生這種事。但事情已經發生了。

「哈，我看，你們現在也同意我說的話了，你們不能飛走了。」葛芬笑著說。「拿起你們的許願椅到下面的廚房去吧。你們可以住在那裡，永遠不會有人來這裡！你們出不去了，我們只能成為彼此的好伙伴了！」

奇奇搬起許願椅，三個人難過的走下樓梯。

「我們這次真的被困住了。」彼得憂傷的說。「現在，許願椅不能飛了，我不知道還能怎麼辦。」

26 逃離葛芬的城堡

兩個孩子和奇奇一起扛著許願椅來到了葛芬的廚房。廚房是一個巨大的石製房間，東西不多，壁爐裡正燃燒著熊熊烈火。

奇奇把許願椅放在石地板上、坐在上面，看起來非常憂慮。

「許願椅的翅膀會被啄掉都是我的錯。」他對兩個孩子說。「茉莉，別哭了，一定有別的方法能離開葛芬的城堡。」

「我不是因為害怕逃不出去才哭的。」茉莉說。「我是為了可憐的許願椅而哭。我們是不是再也不能坐著許願椅去冒險了？一想到這裡，我就覺得好難過。」

「別想了。」奇奇說。「現在最重要的事情是——我們能不能離開這裡？不知道葛芬現在在哪裡？」

「在這裡！」葛芬從廚房門口探出鴨頭，呱呱叫著說。「如果你們想喝茶的話，食物櫃裡有一些蛋糕。你們可以順便幫我泡些茶、裝幾塊蛋糕給我。」

「我想，我們最好照著他說的做。」彼得說。他打開食物櫃看了看，裡面有一個寫著蛋糕的罐子，罐子裡有幾塊精緻的巧克力小蛋糕。兩個孩子在盤子裡放了幾塊蛋糕給自己，又在另一個盤子上放了幾塊蛋糕給葛芬。茉莉把水壺放在爐火上煮水。

他們一起等著水滾，但沒有人開口說話，他們都不太開心。水滾了以後，茉莉泡了兩壺茶。她把一個茶壺、一個杯子、一個茶碟和一盤蛋糕拿給葛芬。這時，葛芬正坐在餐廳讀報紙。葛芬把報紙拿反了，茉莉覺得他根本沒有把報紙讀進去。但她是個有禮貌的人，所以她沒有糾正葛芬。而且，她覺得，要是他們能對葛芬友善一點的話，處境可能會好一點。

她把茶盤放在葛芬旁邊，就離開了。她還沒走出房間，葛芬就打開大大的鳥嘴，一個接著一個把蛋糕吞進肚子裡。茉莉覺得葛芬一定是個非常貪心的人。

她走回廚房，和其他人一起吃著巧克力蛋糕、喝著熱茶，她憂慮的想著接下來要怎麼辦。

「或許，我們可以從護城河游過去。」茱莉最後說道。

「等到有機會溜出去的時候，我們可以去看看。」彼得說。

「你們聽。」奇奇說。「那是什麼聲音？」

「鼾鼾——鼾鼾——」那是葛芬在餐廳打呼的聲音。他們彼此對看了一眼。

「要不要趁現在到處繞繞，看看有沒有方法可以逃跑？」彼得悄悄的說。

「好，走吧！」奇奇說。

他們站起身，走到廚房門口打開門。從廚房門往外一看，就能看到護城河。護城河看起來又寬、又深、又冷！

「喔！」茱莉說。「我很確定我沒有辦法游過去。彼得，你也一樣。」

「你們看！」奇奇指著河裡。「裡面還有大青蛙。我覺得牠們一定會咬我們！」

茉莉和彼得往水裡仔細看了看，水面上的確有好多圓滾滾的巨大青蛙頭。

「喔——」茉莉說。「我才不要跳進去呢！」

「我說啊！」彼得說。「走吊橋怎麼樣呢？我們不能自己放下吊橋，從那邊逃走嗎？」

「沒錯！」奇奇說。「來吧。趁葛芬還沒醒來，我們去吊橋那裡看看。」

他們穿越廚房，走進了寬闊的大廳。他們一起拉開巨大的前門。外面有一條走道直直通往護城河上方的入口，入口大門就是已經被拉起來的吊橋。

他們一起往大門跑過去。奇奇仔細的觀察著拉起吊橋的鎖鏈。

「你們看！」他對另外兩個人說。「這些鎖鏈被掛鎖扣住了。我們要先拿到掛鎖的鑰匙、把鎖打開之後，才能把吊橋放下來。放下來的吊橋會穿過護城河上方。」

「不知道掛鎖的鑰匙會在哪裡。」茉莉說。

「我知道在哪裡。」彼得說。「在葛芬身上。我剛剛看到他身上掛著一把大鑰匙。」

「那我們可以去拿鑰匙嗎？」茉莉問。「他睡著了，我們可以試試看。」

他們踮著腳尖走進餐廳。葛芬睡得很沉、很沉。

「我猜，我們應該可以拿走鑰匙又不吵醒他。」奇奇開心的用氣音說。「鑰匙在哪裡呢？」

他們繞著葛芬看了一圈，但都沒有看到鑰匙。然後，彼得終於看到鑰匙，或者說，看到一部分的鑰匙。葛芬把鑰匙坐在屁股下，他們只能看到葛芬屁股下露出鑰匙的一小角。

「沒有用。」奇奇搖了搖頭，踮著腳尖走出去。「他坐在鑰匙上，要是把鑰匙拿走的話，一定會吵醒他的。我覺得他是故意坐在鑰匙上的，這麼一來，我們就沒辦法拿走鑰匙了。」

「反正，我也覺得把吊橋放下來的時候，鎖鏈會發出很大的聲音。」彼得焦慮的說。「葛芬一定會被聲音吵醒，然後跑過來抓我們。」

「現在該怎麼辦呢？」茉莉絕望的說。「我們不能跳下護城河游過去，也不能打開吊橋的鎖，把吊橋放下來。」

「我們還有一件事能做。」奇奇說。「我可以試著吹口哨把小鳥叫到窗台來，告訴小鳥我們遇到了什麼困境。讓小鳥飛去妖精國度，說不定國王會派人來救我們。這種事很難說。」

「太好了！就這麼做。」茉莉又開心了起來。

兩個孩子和妖精一起爬上樓、走進一間臥室。他們從敞開的窗戶往外探出頭，下方就是閃著銀光的護城河。

奇奇開始吹口哨。口哨聲不大，但卻很清脆。茉莉覺得，如果她是一隻小鳥，她一定會回應奇奇的口哨聲。

奇奇停下了口哨，緊張的看著天空，但是沒有任何一隻小鳥飛過來。

他們的視線範圍內，一隻小鳥也沒有。
「我再試一次。」奇奇說，接著又吹了一次口哨。他們等了又等，看向四面八方尋找小鳥的蹤跡。
「葛芬的城堡附近沒有小鳥。」妖精嘆了一口氣。「如果附近有小鳥的話，一定會飛過來的。」
「好吧，」茉莉一臉擔憂的說，「那我們現在還能怎麼辦呢？」好像沒有任何方法能夠逃離這裡，也沒有任何方法能找人過來幫他們。
「我們去每層樓的每間房間，看看有沒有其他人在這裡。」奇奇說。
「說不定，我們能找到僕人或其他人，或許他們會願意幫我們。這種事很難說。」
兩個孩子和妖精開始探索每間房間。有些房間既奇怪又髒亂，看來葛芬應該是在房間裡住到髒亂之後，就換一間房間住，他應該這麼做好多次了！
所有房間都沒有人，顯然只有葛芬一個人住在這座城堡裡。
「好吧，我們過去曾經遇過很多次困境，」妖精憂慮的說，「但這是有史以來最困難的困境了。葛芬竟然把許願椅的翅膀啄掉，真是太可惡了！」

兩個孩子和奇奇再次回到了廚房，原本在客廳打呼的葛芬不見了。他一定醒了！

葛芬的確醒了。他走進廚房，一邊開合著鴨嘴，一邊搖晃著貓尾巴。

「唉呀，」他笑著說，「是不是跑遍城堡想要找可以逃出去的方法呀？啊哈！你們是找不到的！好啦，既然你們在這裡，可以順便服侍我。我已經懶得煮飯和洗衣服了，你們可以幫我做這些事。」

「才不要！」彼得憤怒的說。「被困在這裡已經夠糟糕了，我們才不要服侍你這隻鴨頭怪呢！」

「別說話，彼得。」茉莉突然說。「別說話！好的，葛芬，我們會照你說的做。你想要在哪裡用餐呢？抽屜裡有一塊抹布，但那塊抹布已經髒了。你有沒有乾淨的抹布呢？有了乾淨的抹布，我才能幫你煮飯。」

「妳真是個乖女孩。」葛芬開心的說。「樓上有乾淨的抹布，我去拿給妳。」

他走出廚房。奇奇和彼得一臉不可思議的看著茉莉。為什麼她要服從可怕的葛芬呢？

「彼得！奇奇！你們看！」茉莉伸手指著廚房角落的許願椅。彼得與奇奇往許願椅看過去。你覺得，他們看到了什麼？你猜猜看？

許願椅長出新的翅膀了！沒錯，是真的，椅腳上長出了紅色的小突起。小突起長得很快，馬上就長出了羽毛，椅腳上正長出強壯的新翅膀！

「天啊！」彼得和奇奇驚奇的說。「誰想得到會發生這種事呢？許願椅真是太棒了！」

「快！葛芬進來了。先把許願椅放到桌子後面，別被他發現許願椅長出新翅膀了。」茉莉說。奇奇正好趕在葛芬跑進來之前，把許願椅推到桌子後面去。葛芬把乾淨的抹布拿給茉莉。

「謝謝。」小女孩禮貌的說。「請問你有蛋杯嗎？我可以幫你做些水煮蛋。」

葛芬快步跑出去拿蛋杯。他前腳剛踏出廚房，茉莉、彼得和奇奇就立刻跳上許願椅。

「許願椅，回家，用最快的速度回家！」奇奇喊道。許願椅拍動新長出來的紅色翅膀、升到空中。葛芬發現他們試著逃跑，便一路跑回廚房，還憤怒的呱呱叫了起來。當許願椅飛過他身邊的時候，他試著想要抓住椅子。

這時，奇奇一腳踢在葛芬的黃色大鳥嘴上。葛芬驚叫一聲，跌坐到地板上。

「親愛的葛芬，再見、再見！」奇奇揮手大喊。「哪天經過我們家的時候，請務必來找我們玩，我們會準備好乾淨的抹布，再幫你煮一些水煮蛋！」

許願椅迅速的往家的方向飛去。沒多久，他們終於抵達了遊戲室、飛了進去。許願椅降落到地上，四隻翅膀搧動了最後一下，接著就消失了。

「哈！許願椅也累了！」奇奇說。「它一定累壞了，希望它能趕快再度長出翅膀！孩子們，這趟冒險真是刺激，對吧？」

「奇奇，媽媽的戒指在哪裡呢？」彼得問。他突然想起了這趟冒險的原因——他們要找回媽媽弄丟的戒指。

「在這裡。」奇奇把戒指拿給彼得。「媽媽一定會很開心的，她一定想不到我們為了替她拿回戒指，經歷了多麼刺激的冒險！」

彼得和茉莉開心的跑回家。他們找到媽媽，將戒指拿給她。「媽媽，妳把戒指掉在花園裡了。」彼得說。

「謝謝你們幫我找到戒指，你們真是太棒了！」媽媽說。但她絕對想不到戒指是被哥布靈大耳偷走，然後又被妖怪葛芬拿走了！她不會知道的，這可是兩個孩子的祕密呢。

★華德福教育推薦閱讀書單
★英國家長最愛的經典故事
★入選義大利波隆那兒童書展的台灣插畫名家專屬封面繪製
★全球兒童文學名家 JK· 羅琳熱烈推薦

【許願椅 3· 完結篇】
許願椅又逃跑了 2019 年 5 月出版

英國首相推薦 · 童年必讀枕邊書

調皮的許願椅又逃跑了！茉莉與彼得要怎樣才能找回許願椅？又會到哪個奇幻國度冒險呢？

彩虹的盡頭有什麼呢？「許願國」真的可以幫你實現所有願望？消失國到底什麼時候會出現，什麼時候會消失呢？

期待已久的期中假期終於來臨，從寄宿學校回到家裡的茉莉與彼得，終於又可以和小妖精奇奇坐上神奇的許願椅，到各個奇幻王國冒險了！他們忙著幫棕精靈付罰金、忙著解救被魔法變成黑貓的王子，還要小心調皮的許願椅又要脫逃了……這次的冒險聽起來怎麼有點危險啊！

這次，茉莉、彼得與奇奇，又會遇到哪些奇妙的魔幻事物、碰見哪些奇特的妖精、女巫、巫師，又會坐上許願椅，到達哪些奇特的國度呢？

暢銷英國三代經典著作
歐美家長最放心、滿意的兒童故事

【許願椅 2】

許願椅失蹤了 2019年3月出版

英國最受歡迎童書女王 ‧ 華德福中小學指定閱讀

能帶你到魔幻國度的許願椅居然失蹤了！茉莉、彼得與奇奇，要怎麼找回心愛的許願椅呢？

愉快的假期終於來臨了！茉莉、彼得與小妖精奇奇，又可以坐上許願椅，一起到各個奇幻國度展開刺激的冒險。但是，在前往「天知道要去哪」王國的時候，許願椅居然失蹤了！ 許願椅到哪裡去了？沒有許願椅，不但不能到各個奇幻國度冒險，更重要的是！他們根本回不了家了！

到底是誰偷走了許願椅？茉莉、彼得與奇奇要如何找回許願椅？他們的神奇冒險，就要畫下句點了嗎？

讓孩子從書中學會勇敢、獨立、堅毅的性格
從書中探索大自然最真實、最嚴苛的生命考驗

在威斯康辛大森林裡，住著小女孩羅蘭，還有爸、媽、姊姊瑪莉與小寶寶琳琳。在奇妙的大森林裡，每天都可以看見動物鄰居的蹤影，有：貪吃的大熊、膽小的鹿媽媽與鹿寶寶、好奇的小松鼠……當然，還有可怕的狼與黑豹。

小木屋裡充滿著美好的食物香味，爸每天都到森林裡打獵；媽每天都忙著烹煮各式各樣的食物，為了即將到來的寒冬做準備。

大森林裡，又會有什麼有趣的故事？小女孩羅蘭，又會看見哪些奇妙的森林動物呢？

「小木屋」系列是美國著名拓荒文學作家羅蘭 ・ 英格斯 ・ 懷德最美好的童年回憶。在書中，羅蘭用小女孩的眼光，觀察生活中的點點滴滴，也看見最原始自然的生活方式。在大樹下玩家家酒、在森林裡玩捉迷藏、在春天的花叢間遊玩、在冬天的白雪旁互相追逐、在美麗的自然中，運用最原始的智慧與勇氣，學會與大自然共存。透過日本繪本大師——安野光雅清新、優雅的插圖，讓大森林的情景，生動、活潑的展現在你我眼前。

「一本書，讓孩子在腦中體會即將逝去的大自然。」

——陳安儀（親職教育專家）

「在嚴苛的自然與流轉的季節裡，讓孩子看見生命堅實的力量。」

——黃筱茵（兒童文學工作者）

許願椅的故事還沒結束！
下一次，
你想到哪個奇幻國度冒險呢？